Une nuit avec Ethan Devereux

CAROL MARINELLI

Une nuit avec Ethan Devereux

Traduction française de
CATHERINE BENAZERAF

Azur

HARLEQUIN

Collection : Azur

Titre original :
THE INNOCENT'S SHOCK PREGNANCY

HARPERCOLLINS FRANCE
83-85, boulevard Vincent-Auriol, 75646 PARIS CEDEX 13
Service Lectrices — Tél. : 01 45 82 47 47

www.harlequin.fr

ISBN 978-2-2804-1397-8 — ISSN 0993-4448

1.

— Merida ! Dieu merci, vous êtes là !

Le soulagement se peignit sur le visage de Reece, son employeur, à peine Merida eut-elle franchi le seuil de la très chic galerie d'art, située sur la Cinquième Avenue.

Une giboulée de printemps l'avait cueillie à la sortie du métro, et elle était encore plus ébouriffée que de coutume. Fort heureusement, elle aurait le temps de mettre un peu d'ordre dans ses boucles cuivrées avant qu'*il* n'arrive.

Il, le très important VIP que Reece lui avait demandé de recevoir à sa place, pour une visite privée. Le large sourire que Merida affichait ne laissait nullement deviner à quel point cette corvée lui coûtait.

Bien qu'occupant les fonctions d'assistante à la galerie dans la journée, Merida Cartwright consacrait toutes ses soirées à sa passion : le théâtre. C'était pour réussir à Broadway qu'elle avait quitté son Angleterre natale.

Elle s'était donné une année pour atteindre son but. Mais, au dixième mois de ladite année, ses économies commençaient à s'épuiser dangereusement. Aussi ne pouvait-elle se permettre de refuser des heures supplémentaires, quand bien même elle aurait préféré préparer son importante audition du lendemain matin.

— Tout va bien, Reece, dit-elle. Pas de souci !

Son patron se lança dans des explications fiévreuses :

— Je me préparais à fermer lorsque Helene, l'assistante personnelle d'Ethan Devereux, m'a appelé pour me dire qu'il avait décidé de faire un saut à la galerie. Quand je pense que je ne serai pas là pour l'accueillir *moi-même* !

Reece était dans tous ses états, et Merida s'efforça de le rassurer.

— Tout se passera bien. À quelle heure est votre avion ?

— 21 heures. Si je ne veux pas le rater, il faut que je parte immédiatement.

Malgré tout, Reece ne semblait pas disposé à tourner les talons, perdant du temps en précisions inutiles.

— Il faut *absolument* que tout se déroule au mieux, insista-t-il. J'ai essayé de convaincre Helene de reporter cette visite à mon retour d'Égypte, mais il n'y a pas eu moyen. Ce serait pure folie de contrarier Ethan Devereux. Une seule critique de sa part, et nous sommes fichus.

Merida fronça les sourcils.

— Vraiment ? Est-ce donc quelqu'un de si important ?

Un petit rire incrédule fut la première réaction de Reece, puis il se reprit.

— J'oublie que vous êtes anglaise, Merida ! Évidemment vous ignorez que les Devereux possèdent la moitié de l'East Side – y compris notre galerie, ma chère. C'est une sorte de famille royale new-yorkaise. Il y a le père, Jobe, et ses deux fils, Ethan et Abe. Aussi méprisables les uns que les autres !

— Voilà qui n'est pas très gentil.

— Mais ils sont *tout* sauf gentils, si vous voulez le savoir ! Quand je pense à ce qu'a subi cette pauvre Elizabeth Devereux – la deuxième épouse de Jobe et la mère des garçons… C'était un ange, cette femme !

Reece se tourna vers la porte, comme pour vérifier qu'ils étaient seuls, avant de reprendre :

— La malheureuse avait découvert que son mari la trompait avec la baby-sitter. Elle s'est réfugiée aux Caraïbes, pour surmonter le choc. C'est là qu'elle s'est tuée, dans un accident de ski nautique. Depuis, Jobe n'a pas dérogé à sa réputation de play-boy invétéré. Et ses fils ont suivi ses traces, vous pouvez me croire !

S'interrompant pour planter un regard lourd d'avertissements dans celui de Merida, Reece soupira.

— Ne vous laissez pas avoir par le physique ravageur d'Ethan, ma petite. Il n'hésiterait pas à vous écraser sous son talon.

Merida ne put s'empêcher de frissonner.

— J'ai mis du champagne à rafraîchir, reprit Reece. Débouchez la bouteille dès que la voiture sera en vue. Et j'ai fait apporter un assortiment de petits-fours du meilleur traiteur de New York.

— M. Devereux sera-t-il accompagné ?

— Probablement par sa dernière conquête, j'imagine. Il est toujours entouré d'un essaim de jeunes beautés. Oh ! j'allais oublier ! Gemma a apporté l'une de ses robes à votre intention. Elle l'a laissée dans l'arrière-boutique, avec un collier de perles.

Les yeux verts de Merida se plissèrent.

— Je ne vois pas ce qu'il y a à redire à ma tenue, protesta-t-elle.

Pour faire honneur à l'invité de marque, elle avait revêtu le superbe kilt écossais qu'elle réservait habituellement à ses auditions. Peut-être était-il un peu court, et un peu coloré. Néanmoins, elle portait des collants opaques, des bottes hautes en daim et un pull à col roulé, le tout de couleur noire, rendant l'ensemble un peu plus sobre. C'était sa tenue porte-bonheur, et elle mettait en valeur son teint pâle.

— Rien, bien sûr ! se défendit aussitôt Reece. Vous êtes tout à fait ravissante, Merida. Mais je ne suis pas certain qu'Ethan Devereux sache apprécier votre... *fantaisie*.

Merida avait froncé les sourcils, et Reece se hâta de changer de sujet.

— Écoutez, je vous remercie d'avoir accepté de me dépanner ! dit-il. Il y a sûrement quelque part un jeune homme qui me déteste pour vous avoir demandé de travailler ce soir.

Esquissant un sourire évasif, Merida résolut que le vide abyssal de sa vie amoureuse ne concernait en rien son patron. D'ailleurs, celui-ci empoignait sa valise et se précipitait sur le trottoir pour héler un taxi.

Il ne restait qu'un quart d'heure à Merida pour se préparer, aussi se glissa-t-elle dans l'arrière-boutique. Suspendue à un cintre l'attendait une robe noire. À côté étaient posés une pochette assortie et un rang de perles.

Gemma avait aussi apporté une paire d'escarpins à talons aiguilles. Décidément, s'irrita Merida, on ne lui faisait aucune confiance, en matière d'élégance ! Sauf qu'elle avait trop besoin de ce job pour faire la fine bouche.

Enfilant la robe, à la coupe très simple, Merida constata que le profond décolleté, dans le dos, ne lui laissait d'autre option que de retirer son soutien-gorge – ce qui ne lui posait guère problème, étant donné sa petite poitrine.

En quelques gestes, elle apporta les retouches nécessaires à son léger maquillage. Un peu de mascara suffit à assombrir ses cils pâles et à faire ressortir le jade de ses prunelles. Une touche de blush donna une vivacité bienvenue à son teint de lait. Son seul rouge à lèvres était d'une chaude nuance corail, et elle s'en farda avant de se reculer pour juger de l'effet produit dans le miroir. C'était parfait !

Sauf que sa crinière rousse aurait nécessité un traitement énergique pour être disciplinée, jugea Merida. Hélas, elle n'en avait guère le temps. Aussi se contenta-t-elle de la nouer, sur sa nuque, en une épaisse queue-de-cheval.

De retour dans la galerie, elle regagna le comptoir et se jucha sur un haut tabouret, tout en ruminant son indignation au jugement proféré par Reece.

Sa « fantaisie », vraiment ! ?

Merida était absorbée dans ses pensées lorsqu'une luxueuse limousine noire se gara devant l'entrée. À l'instant même où le chauffeur fit le tour du véhicule, elle déboucha le champagne et commença à le verser dans une coupe.

Ensuite, seulement, elle prit le temps de lever les yeux vers la voiture. Le premier aperçu qu'elle eut de l'homme qui en sortait fut une chaussure – indubitablement sur mesure –, au bout d'une longue jambe revêtue d'un impeccable pantalon de costume. Puis leur propriétaire déploya sa haute stature.

La posture du sieur Devereux donnait clairement l'impression qu'il avait bien conscience de posséder la plupart des immeubles de la rue.

La sensation du champagne débordant sur ses doigts la fit sursauter. Cependant, au lieu de réparer immédiatement les dégâts, elle se laissa distraire par la sombre perfection de l'homme qui s'avançait.

Car l'artiste qui avait conçu un tel chef-d'œuvre n'avait pas eu recours à une vive palette. Ethan Devereux était doté d'un teint d'albâtre, que faisait ressortir une chevelure aile de corbeau.

La beauté de cet homme était confondante !

Néanmoins, Merida n'avait guère le loisir de s'interroger plus longuement sur les émotions que le personnage suscitait en elle. Avec une serviette en papier, elle épongea le plateau, puis finit de remplir la coupe, ainsi qu'une deuxième pour la personne dont Ethan Devereux était probablement accompagné. Contrairement à ce à quoi elle s'attendait, aucune jeune pin-up n'émergea du véhicule. Ce fut seul que l'homme entra dans la galerie.

On avait beau l'avoir mise en garde contre son potentiel de séduction, rien ne l'avait préparée au choc qu'elle éprouva lorsque Ethan Devereux se présenta devant elle.

Il planta directement son regard dans le sien – un regard très courtois, jugea-t-elle. Cependant, Merida fut parcourue du même frisson que s'il l'avait détaillé sa silhouette..

Faisant appel à toutes ses qualités d'actrice, elle s'efforça de se composer une attitude pleine d'aplomb, puis lui tendit la main.

— Monsieur Devereux…, dit-elle après s'être éclairci la voix. Je suis ravie de faire votre connaissance. Je suis Merida Cartwright.

— Merida, répéta-t-il d'une voix de velours. Appelez-moi Ethan.

Et ils échangèrent une brève poignée de main.

Bien que ce contact n'ait été qu'éphémère, Merida avait eu le temps de sentir la fermeté de l'étreinte, la chaleur de sa peau. Cela avait suffi pour envoyer une véritable décharge électrique dans ses doigts.

Comme si elle les avait trop approchés d'une flamme, la sensation ne fit que s'intensifier dans les secondes qui suivirent, et Merida dut résister à la tentation de baisser les yeux pour voir si elle portait une trace de brûlure. Au lieu de quoi, elle reprit :

— Je suis l'assistante du directeur de la galerie.

— *L'assistante ?*

Au ton d'Ethan, Merida comprit qu'il s'était attendu à être reçu par quelqu'un de bien plus important.

— Oui, expliqua-t-elle en déglutissant, Reece aurait été enchanté d'accompagner votre visite lui-même, mais il prenait l'avion pour l'Égypte ce soir.

Ethan Devereux se rembrunit. Bien qu'il se soit annoncé au dernier moment, il considérait qu'il y avait mieux qu'une simple assistante pour s'occuper de lui.

Son ami, Khaled, cheikh de l'émirat d'El-Zahan – ils avaient fait connaissance au cours de leurs études à l'Université de Columbia –, était le propriétaire des talismans exposés par la galerie. Il avait demandé à Ethan de s'assurer en personne des conditions dans lesquelles sa précieuse collection était offerte aux yeux du public.

Ethan était fermement décidé à lui faire un rapport exhaustif. Qu'on fasse aussi peu de cas de sa visite était un premier mauvais point !

Le physique de rêve de l'assistante n'y changeait rien.

— Souhaiteriez-vous prendre quelque chose, avant que nous ne débutions ? offrit Merida en désignant de la main les flûtes de champagne et les amuse-gueules.

— Concentrons-nous sur la visite, voulez-vous ?

La brusquerie d'Ethan Devereux témoignait de l'impatience de l'homme d'affaires débordé qu'il était certainement, songea Merida. Néanmoins, il aurait pu se montrer plus aimable.

— Eh bien, commença-t-elle en se dirigeant vers la plus proche vitrine, si Reece a dû partir, c'est pour rencontrer Aziza, qui fabrique ces ravissantes maisons de poupée.

Qu'est-ce que j'en ai à faire ! s'agaça intérieurement Ethan.

Lorsqu'il avait appris que son père devait subir une intervention chirurgicale, le lendemain, il avait sauté dans son jet privé pour regagner New York au plus vite, depuis Dubaï où il séjournait pour affaires. Ce n'était pas pour admirer des maisonnettes, même décorées de délicats hiéroglyphes à la peinture dorée.

Peut-être aurait-il dû accepter de manger un morceau ? Il avait l'estomac vide, et le décalage horaire mettait ses nerfs à rude épreuve. Sauf que cela n'aurait été qu'une perte de temps inutile. Mieux valait accomplir la tâche confiée par son ami, et écouter le bavardage de cette fille.

Néanmoins, ce terme était exagérément sévère, ne tarda-t-il pas à réaliser. Son guide avait un timbre légèrement voilé, fort agréable, et un accent anglais tout à fait raffiné. Cela rendait ses commentaires *presque* supportables.

Merida en était à détailler la technique de fabrication de tapis d'origine bédouine lorsque le visiteur la coupa d'un ton abrupt :

— Abrégez, s'il vous plaît !

Décidément, cet Ethan Devereux n'était un rustre ! s'indigna-t-elle en son for intérieur. Le bâillement qu'il ne chercha même pas à dissimuler la confirma dans son opinion.

— Excusez-moi, prit-il cependant la peine de marmonner.

Ethan n'ignorait pas qu'il se montrait d'une impolitesse coupable. Mais il était recru de fatigue, et il avait beau essayer de s'intéresser à l'exposé de la ravissante assistante, il n'y parvenait pas. La seule chose qui retenait son attention, c'était le physique splendide de la jeune femme.

Ses yeux verts semblaient, curieusement, éviter de croiser son regard. Sa silhouette était gracile ; ses attaches, fines. Elle était dotée d'un teint de lait, et sa peau diaphane était piquetée d'adorables taches de rousseur. Songeur, Ethan se demanda jusqu'où se propageait ce saupoudrage cuivré.

Le plus remarquable était sa chevelure de feu. Ethan essaya d'imaginer ces boucles généreuses délivrées du ruban qui les retenait.

— Nous passons, maintenant, à la partie de l'exposition qui m'est la plus chère, dit-elle. Les talismans prêtés par l'émirat d'El-Zahan. Nous avons beaucoup de chance de disposer de ce prêt pour quelques mois.

Ils étaient sur le palier de l'escalier conduisant à la salle en sous-sol, et Merida actionna l'interrupteur.

— Par ici, ajouta-t-elle en indiquant les marches d'un signe de tête.

— Après vous, rétorqua Ethan.

Pour une fois, Merida regretta cette démonstration de bonnes manières. Elle aurait largement préféré ne pas ouvrir la marche. Cela lui paraissait presque insurmontable, tant elle avait une conscience aiguë de la présence de cet homme sur ses talons.

C'était bien la première fois de sa vie qu'elle réagissait avec une telle intensité à la proximité d'un homme. Ce n'était pas faute d'en avoir rêvé, par contre !

Les rares fois où elle avait été embrassée, elle avait espéré que le désir viendrait. En vain ! Les choses, du coup, n'étaient jamais allées plus loin qu'un baiser entre elle et ses petits amis.

Au bout du compte, Merida avait fini par décider que ce manque d'enthousiasme était probablement sa faute. Peut-être quelque faiblesse dans ses gênes ? Ou bien le divorce compliqué de ses parents l'avait-il rendue trop méfiante à l'égard de la gent masculine… ?

Oh ! bien évidemment, elle avait suffisamment de talent pour simuler la passion devant un auditoire. Jouer l'amante transie était à sa portée.

Elle était bonne comédienne. D'ailleurs, ne réussissait-elle pas une prestation des plus convaincantes en cet instant même ? Feignant l'indifférence, elle affectait d'avoir la situation bien en main, ce qui était loin d'être le cas.

Elle saurait utiliser sur scène les émotions, tout à fait inattendues, que lui inspirait cet arrogant individu, résolut-elle.

Des émotions tout à fait inconnues d'elle, dans la vraie vie.

2.

Dans la semi-pénombre de la salle d'exposition, les talismans scintillaient de mille feux. Merida s'approcha d'Ethan, planté devant la première vitrine. Elle fut aussitôt assaillie par les notes boisées de son eau de toilette.

Il contemplait les objets sans mot dire, et elle s'éclaircit la voix avant de rompre le silence.

— Voici les merveilles prêtées par l'émirat d'El-Zahan.

Ethan s'était attendu à voir d'antiques amulettes sculptées, au lieu de quoi il se trouvait devant un assortiment de pierres précieuses, enchâssées dans des éclats de roches.

— C'est la défunte reine Dalila qui a rassemblé cette collection, poursuivit Merida. Jusqu'à son décès, il y a environ vingt ans, elle s'est consacrée à la recherche de ces trésors. À son mariage, elle s'était vu offrir celui-ci.

Merida désigna une émeraude, incrustée dans un bloc de minerai.

Admirablement éclairé, l'assemblage était disposé sur un socle pivotant lentement. Ethan ne parvenait pas à en détourner les yeux, subjugué par la manière dont l'émeraude semblait littéralement jaillir de la roche.

— Dans l'émirat d'El-Zahan, une union est toujours arrangée, expliqua Merida. Offerts à cette occasion, les talismans sont un gage d'amour à venir, et de fertilité.

Ils se dirigèrent vers la vitrine suivante, et elle se réjouit d'avoir retenu l'attention de son hôte illustre.

— Voici celui que je préfère, déclara-t-elle en lui désignant un magnifique rubis encastré dans un morceau de marbre de forme ovoïde.

Enfilant de fins gants noirs, elle en tendit une paire à Ethan, avant de dérouler son récit :

— Il y a trois cents ans, un mariage secret eut lieu entre le cheikh régnant et une jeune femme issue d'une famille rivale. En raison de la guerre entre les deux clans, la mariée ne reçut pas de talisman en cadeau de mariage. La paix finit par être signée, mais après deux années aucun enfant n'était venu bénir cette union. Le cheikh décida alors de faire rechercher la plus belle des pierres pour l'offrir à son épouse.

Merida tendit le précieux objet à Ethan.

— C'est superbe, effectivement, déclara-t-il.

Cependant, il n'aurait su dire si son admiration allait à la gemme, ou à la voix enjôleuse qui lui en avait conté l'histoire.

Prenant le rubis entre pouce et index, Ethan l'examina plus attentivement.

— Attention, le mit en garde Merida, je vous rappelle qu'il garantit la fertilité.

Le regard de sa ravissante guide brillait du même éclat que les pierreries qu'elle lui présentait et, pendant un bref instant, Ethan oublia la sombre perspective d'aller rendre visite à son père, à l'hôpital. Pour l'instant, il voulait mettre de côté ses préoccupations, et se concentrer sur le velours de cette voix qui parlait d'amour conjugal et de fertilité. Deux choses dont il n'avait, pourtant, que faire.

— Est-ce que cela a marché ? s'enquit-il en rendant le talisman à Merida.

— À merveille ! La princesse royale ne tarda pas à tomber enceinte de jumeaux.

La visite se poursuivit, jusqu'à ce qu'Ethan rende à Merida le dernier talisman qu'elle lui avait fait admirer. Elle le replaça précautionneusement dans sa vitrine.

— Ces pièces sont vraiment splendides ! déclara Ethan

en la regardant faire. Même si elles ne sont que le support de légendes extravagantes.

— Peut-être ont-elles un véritable pouvoir, nuança Merida. On dit que tous les mariages protégés par ces talismans ont été des plus heureux.

— Vous me permettrez d'en douter…

Intérieurement, Ethan se redit que l'amour n'était rien d'autre qu'un mythe. Seul existait le désir physique.

— Depuis combien de temps travaillez-vous à la galerie ? demanda-t-il dans la seule intention de prolonger un moment l'échange avec la fascinante jeune femme.

— Presque une année. Mais seulement à temps partiel.

— Ce n'est donc qu'un hobby ?

Encore une de ces enfants gâtées à qui son cher papa avait dégotté « un petit job », jusqu'à ce qu'on lui trouve un mari convenable, se dit Ethan.

— Pas vraiment, non.

Merida tourna vers son hôte un petit sourire crispé, se refusant à en dire plus. Sa vie ne le regardait pas !

— Avez-vous d'autres questions ? s'enquit-elle, de retour dans la partie principale de la galerie.

Cette interrogation de routine semblait presque incongrue, dans l'atmosphère envoûtante qui semblait ne pas se dissiper. Merida se rendit compte qu'elle attendait la réponse en retenant son souffle.

— Une seule…, répliqua Ethan.

Au clignement d'yeux de Merida, il comprit qu'elle savait ce qu'il allait formuler : une invitation à dîner.

Il fut presque décontenancé par sa propre hésitation.

— Si je souhaitais faire l'acquisition d'un tapis, combien de temps faudrait-il ? interrogea-t-il en guise d'échappatoire.

Une telle requête aurait dû la ravir. Sa commission sur la vente d'un tapis serait plus que confortable. Au lieu de quoi, Merida ne parvenait à penser qu'à une seule chose : le dîner qu'Ethan avait été à deux doigts de lui proposer – elle en était certaine.

S'efforçant de remettre un peu d'ordre dans ses pensées, elle fournit l'information attendue :

— Je pense que cela exigerait un peu de patience, dit-elle.

Ils ne parlaient nullement de tapis, elle en était persuadée.

— Je ne suis pas quelqu'un de patient, répliqua sèchement son hôte.

Ethan savait, maintenant, pourquoi il n'avait pas invité la jeune assistante : il ne pourrait pas se contenter d'un simple dîner. Mieux valait mettre un terme à la rencontre.

— Merci pour cette visite, dit-il. C'était très intéressant.

Raccompagnant Ethan à la porte, Merida plaqua sur son visage un sourire de circonstance. Leur poignée de main se prolongea au-delà du raisonnable.

Elle s'interdit de baisser les yeux vers les longs doigts fins dont elle sentait la pression sur les siens. Lorsqu'elle prit une inspiration, ce fut par la bouche plutôt que par le nez. Car elle ne voulait pas que des effluves boisés mettent une nouvelle fois ses sens en émoi.

Il lui aurait été difficile, alors, de ne pas céder à l'envie de souder ses lèvres à celles d'Ethan.

Que lui arrivait-il ?

— J'ai été ravie de faire votre connaissance, se força-t-elle à dire.

Heureusement que son talent d'actrice lui permettait de ne rien laisser paraître du désordre de son esprit !

Ethan Devereux ne se donna pas la peine de la remercier à nouveau, ni ne lui souhaita une bonne soirée. Il se dirigea vers sa limousine, la laissant en proie à un tumulte d'émotions. Ce fut en le voyant disparaître à l'intérieur du véhicule qu'elle put enfin respirer librement.

Le diable avait quitté les lieux.

3.

Son chauffeur conduisit Ethan directement à l'hôpital, prenant soin de le déposer à la porte arrière du bâtiment.

Il ne fallait pas que les actionnaires aient vent de l'intervention subie par Jobe. Même s'il ne s'agissait que d'examens médicaux, cela suffirait à les alarmer.

Lorsque Ethan entra dans la chambre, ce fut pour constater que son frère, Abe, l'y avait précédé. Maurice, le responsable du service des relations publiques, était également présent.

Assis dans un fauteuil en cuir, Jobe ne dissimula pas sa surprise.

— Ethan ! s'exclama-t-il. Que me vaut ta visite ?

Que me vaut ta visite ? !

Pas la moindre parole de bienvenue ! Nulle invitation à prendre un siège…

C'était tout à fait à la mesure de la relation que son père et lui entretenaient depuis des années. Ethan fit un effort sur lui-même pour ne pas trahir ses sentiments.

— Je venais voir comment tu te portes, dit-il.

— Oh ! tout va bien ! Je serai de retour au bureau dès lundi.

— Comment ça s'est passé, à Dubaï ? interrogea Abe en refermant son ordinateur portable. Tu as eu le temps de visiter le site où nous construirons l'hôtel ?

— Oui, répondit Ethan. Helene vous transmettra mon rapport.

— Parfait ! Nous partions dîner, Maurice et moi. Tu nous accompagnes ?

— J'ai déjà dîné, prétendit Ethan.

En fait, il n'avait rien avalé depuis le vol, plusieurs heures auparavant, mais il n'avait aucune envie de parler affaires avec son frère et leur collaborateur. Ce qui serait au centre de leurs discussions, à n'en pas douter.

Une fois seul avec son père, Ethan fut assailli par un vague sentiment de gêne. La pièce avait beau ressembler à une confortable chambre d'hôtel, il découvrait, tout à coup, les équipements médicaux subtilement dissimulés. Quant à l'odeur d'antiseptique, elle lui mettait le cœur au bord des lèvres.

— Où est Chantelle ? demanda-t-il.

Habituellement, Ethan ne se souciait guère de savoir où se trouvait la dernière en date des conquêtes de son père, mais il était à court de sujets de conversation.

— Nous avons rompu.

— Ah bon ? Quand ?

— Est-ce que je pose des questions sur *ta* vie amoureuse ? maugréa Jobe.

— Peut-être tout simplement parce que je n'en ai aucune.

En fait, Ethan se satisfaisait d'une vie sexuelle tout à fait active, et il avait la ferme intention de s'en tenir à cela. Par expérience, il savait les ravages que peut causer ce que l'on appelle l'amour.

L'histoire tragique de sa mère n'était-elle pas la plus parfaite illustration de cette réalité ? Ethan ne pardonnerait jamais à son père d'avoir été la cause du décès de celle-ci.

Il n'avait que cinq ans lorsque cela était arrivé. Bien plus tard, à dix ou onze ans, il s'était mis en tête de vérifier si les rumeurs entourant la mort de sa mère étaient fondées. Jobe avait-il véritablement entretenu une liaison avec la baby-sitter de ses fils, Meghan ? Les journaux à scandale s'en étaient largement fait l'écho.

Pendant des heures, Ethan avait feuilleté les albums

rassemblant les photos de la famille unie qu'ils avaient été avant cela. Puis il avait affronté son père.

— C'est toi qui as tout gâché, pas vrai ? lui avait-il lancé. Et Meghan a été obligée de partir. De nous abandonner !

La colère de son plus jeune fils avait laissé Jobe de marbre. Assis dans son fauteuil préféré, il avait continué à siroter son whisky. Mais lorsque Ethan, furieux, était sorti de la pièce en tapant du pied, il lui avait crié :

— Ethan, reviens ici ! Immédiatement !

— Va au diable ! Je te déteste !

Et le jeune garçon qu'Ethan était alors n'avait interrompu sa fuite dans l'escalier que pour décrocher du mur un cadre dans lequel une photo montrait la famille rassemblée et le jeter en direction de son père, planté au milieu du hall.

Jamais ni l'un ni l'autre n'avait évoqué cette scène. Le cadre avait retrouvé sa place, et s'y trouvait encore.

À ce jour, père et fils persistaient à éviter toute conversation de nature personnelle. Sauf que la perspective de l'opération à venir changeait un peu les choses, aussi Ethan décida-t-il de se risquer à enfreindre cette règle tacite.

— Qu'est-ce qui va se passer demain ? questionna-t-il.

Jobe haussa les épaules.

— Pas grand-chose. Juste une exploration fonctionnelle. On vient me chercher à 8 heures du matin, et je serai de retour ici à 9 heures. Je ne vois même pas pourquoi le Pr Jacobs a insisté pour que je rentre à l'hôpital ce soir.

— Peut-être pour être certain que tu te dispenserais du whisky que tu t'accordes avant le coucher.

D'un geste de la main, Jobe balaya cette objection, avant de reprendre :

— Écoute, si tu tiens vraiment à faire quelque chose pour me rendre service, remplace-moi à la soirée Carmody.

Si Ethan n'avait pas déjà soupçonné que l'état de santé de son père était préoccupant, cette demande le lui aurait confirmé. Du plus loin qu'il s'en souvienne, Jobe n'avait jamais manqué cet événement annuel de prestige.

Un frisson glacé courut le long de son épine dorsale,

mais il ne laissa rien paraître de son angoisse, se contentant d'acquiescer d'un hochement de tête.

— Je passerai te voir demain à ton réveil, conclut-il.

— Inutile ! Pas la peine de donner du grain à moudre à ces fichus journalistes. Le professeur vous appellera, les garçons, dès que tout sera terminé.

Les garçons...

Quand bien même Ethan et son frère étaient âgés respectivement de trente et trente-quatre ans, leur père continuait à les désigner de la sorte. Pourtant, il n'y avait rien d'affectueux dans cette dénomination. Cela avait même quelque chose d'un peu méprisant, pensa Ethan.

Considérant son devoir accompli, il rebroussa chemin, un peu étonné de ne pas hésiter sur le trajet à suivre bien qu'il n'ait jamais fréquenté cette partie privée de l'hôpital.

Soudain, il s'immobilisa. Mais, *si,* il y était déjà venu !

Des bribes de souvenirs remontèrent à sa conscience tandis qu'il attendait l'ascenseur. Dans le long couloir, il se revoyait à cinq ans, au côté d'Abe, tenant la main de leur nouvelle baby-sitter. Elle les conduisait auprès de leur mère.

Ethan s'efforça de chasser de son esprit les images de ce jour-là, pourtant elles lui revinrent avec encore plus de force lorsqu'il émergea dans le hall de l'hôpital. Il revoyait les photographes massés de chaque côté de l'entrée.

« Ne souriez pas », « ne saluez pas », « ayez l'air triste »...

Qui donc leur donnait ces étranges consignes ? Qui indiquait à deux gamins comment se comporter, le jour où leur mère se mourait sur un lit d'hôpital ?

Qui d'autre que la baby-sitter fraîchement embauchée ?

Faisant signe à son chauffeur de disposer, Ethan se lança sur le trottoir à grandes enjambées. Il avait besoin de marcher.

Vingt-cinq ans après cette funeste journée, tout lui revenait. La confusion, le chagrin... Le terrible sentiment de culpabilité, surtout.

Car la personne qui lui manquait épouvantablement, en cet instant-là, n'était pas sa mère.

C'était *Meghan*.
Sa chère baby-sitter.

L'une de ses attributions, à la galerie, était de mettre à jour le site web. Bien que ce soit une véritable corvée, Merida n'avait d'autre choix que de s'exécuter le soir même. En effet, le lendemain matin, elle serait absente, à cause de son audition pour un rôle dans une série télévisée, programmée en *prime-time*. Être sélectionnée, voilà qui donnerait un sérieux coup de pouce à sa carrière.

Une fois sa tâche achevée, elle n'éteignit pas tout de suite l'ordinateur, mais céda à la curiosité. Après tout, quel mal y avait-il à faire une petite recherche sur Ethan Devereux ?

Seigneur, que cet homme était séduisant !

Sous les paupières un peu lourdes, les prunelles de jais étaient étrangement mélancoliques. Et sur toutes les photos, la bouche sensuelle refusait obstinément de sourire.

N'avait-elle pas échoué à lui arracher ne serait-ce qu'un rictus poli pendant sa visite ?

Un instant, Merida essaya d'imaginer une lueur bienveillante illuminant ces yeux sombres, et l'impression que cela devait procurer de les voir se poser sur soi.

Puis, s'autorisant la coupe de champagne qu'Ethan avait déclinée, et grignotant quelques blinis au caviar, elle lut tout ce qu'elle pouvait trouver sur celui qui l'intriguait tant.

Reece ne lui avait pas menti : la carrière de play-boy du cadet des Devereux était de notoriété publique. Son frère aîné, Abe, n'était pas en reste en la matière. Quant à leur père… Seigneur !

De toute évidence, les trois hommes étaient de véritables bourreaux des cœurs !

Un titre récent retint son attention : « Vingt-cinq ans après ! » Elle cliqua dessus.

Une photo illustrait l'article. On y voyait les Devereux père et fils, en costume sombre, à ce qui semblait être une cérémonie commémorative. À la mémoire d'Elizabeth

Devereux, lut Merida, décédée un quart de siècle plus tôt, dans un hôpital new-yorkais où on l'avait transportée après son accident.

Tout le pays l'avait pleurée, disait l'article, et son mari avait été tenu pour responsable de cette tragédie, car sa liaison avec la baby-sitter des enfants n'était un mystère pour personne. À en croire la presse, c'était la raison pour laquelle la malheureuse Elizabeth s'était enfuie du domicile conjugal.

Quelle épouvantable et captivante histoire ! songea Merida.

Elle était tellement absorbée par sa lecture qu'en entendant s'ouvrir la porte de la galerie elle se borna à lancer :

— C'est fermé !

Merida manqua mourir de honte lorsqu'elle se décida à lever la tête de l'écran.

Existait-il situation plus embarrassante qu'être soudain confrontée à l'objet – en chair et en os ! – de la recherche à laquelle on se livrait sur Internet ?

Frénétiquement, Merida se mit à cliquer sur la souris dans une tentative désespérée de faire disparaître de l'écran tout ce qui concernait Ethan – au risque d'effacer également les informations qu'elle avait rentrées sur le site de la galerie.

— Auriez-vous oublié quelque chose ? dit-elle d'une voix étranglée.

— Vous savez bien que oui.

Déglutissant avec peine, Merida ne fit même pas mine de regarder autour d'elle en quête d'un trousseau de clés, ou de tout autre objet qu'Ethan Devereux aurait pu laisser derrière lui. Elle savait trop bien ce qu'il allait dire.

Il ne la déçut pas.

— Accepteriez-vous une invitation à dîner ? interrogea Ethan.

Les raisons de refuser ne manquaient pas. Merida aurait dû interpréter la façon dont ses poils se hérissaient sur ses bras comme un signal d'alarme. Tout autant que le frisson qui la parcourait – manifestation de son extrême sensibilité à la présence de cet homme.

Oui, la proximité d'Ethan Devereux la mettait dans un état de conscience aiguë, rendant tout son corps hyper sensible.

Sans même qu'il pose les yeux sur elle, il lui rappelait qu'elle ne portait pas de soutien-gorge sous sa robe tant ses petits seins étaient lourds, presque douloureux.

Et, bien qu'elle soit assise, elle sentait ses jambes incroyablement faibles.

Ethan lui donnait envie d'envoyer valser toute prudence par-dessus les moulins.

— Il faut que je ferme la galerie, d'abord, dit-elle.

— Bien sûr.

Lorsqu'elle descendit du tabouret, Merida redouta que ses jambes ne cèdent sous elle. Tout ce qu'elle faisait habituellement sans réfléchir prenait une dimension nouvelle, étrange. Qu'il s'agisse de marcher ou de respirer, elle avait besoin de se concentrer à chaque pas, à chaque inspiration.

Tandis qu'elle mettait de l'ordre dans la galerie, Ethan entreprit de refaire le tour des vitrines.

— Je vais me changer, annonça-t-elle.

Il s'y opposa d'un bref mouvement de tête.

— Inutile. Vous êtes parfaite, comme ça !

Dans l'arrière-boutique – où elle allait chercher ses effets personnels –, Merida hésita cependant. Sa collègue ne lui reprocherait-elle pas d'utiliser pour toute la soirée ce qu'elle avait prêté pour une petite heure ? Elle finit par se résoudre à prendre le risque. Gemma comprendrait certainement.

Après avoir refait sa queue-de-cheval et remaquillé ses lèvres, Merida glissa ses vêtements dans son sac, puis enfila son imperméable. Lorsqu'elle émergea de la petite pièce, Ethan était occupé à faire défiler les messages sur son téléphone portable. Il déclara qu'il patienterait à l'extérieur pendant qu'elle terminait ce qu'elle avait à faire.

Consciente d'être quelque peu perturbée par le fait d'être attendue sur le trottoir par ce pur concentré de testostérone,

Merida mit un soin tout particulier à déconnecter l'ordinateur, à enclencher les alarmes, à éteindre et à fermer à double tour.

Enfin, elle se retrouva dehors. Où l'homme le plus séduisant qu'elle ait jamais vu était nonchalamment appuyé contre le mur.

Intérieurement, Merida regretta de ne pas disposer du code qui aurait verrouillé son cœur, de la même manière qu'elle venait de mettre en sécurité la galerie.

Ethan vint à sa rencontre, son long manteau battant au vent.

— J'ai oublié autre chose, dit-il lorsqu'il fut planté devant elle.

Il ne fallut qu'une fraction de seconde à Merida pour comprendre que, là non plus, il ne faisait pas référence à quelque objet laissé dans la galerie.

Sous un ciel que le couchant teintait de rose, Ethan allait l'embrasser, et Merida savait que tous les détails de la scène seraient à jamais gravés dans son esprit.

Comme il prenait son visage en coupe, entre ses mains, elle planta son regard dans les prunelles sombres ouvrant sur un univers dont elle ignorait tout.

Rien n'aurait pu égaler la perfection du baiser qu'Ethan lui donna.

Ses lèvres étaient fermes, sans pour autant être dénuées de douceur. Merida aurait aimé garder les yeux ouverts pour enregistrer la moindre seconde de cet enchantement, mais elle en fut incapable. Ses paupières s'abaissèrent malgré elle tandis qu'elle s'abandonnait à la plus totale béatitude.

La fraîcheur de l'air printanier ne fut plus qu'un lointain souvenir quand Ethan l'attira plus étroitement contre lui, l'enveloppant dans la chaleur de son étreinte. Sa bouche brûlante avait la saveur d'un cocktail enivrant.

Merida sentait la tête lui tourner. Si elle ne chancela pas, ce fut parce que Ethan l'étreignait fermement. Il approfondit son baiser, et le contact rugueux de son menton autant que les effluves de son eau de toilette lui firent prendre feu et flamme. Elle réagit avec une ardeur inédite pour elle.

Puis – nécessité cruelle – Ethan s'arracha à sa bouche, avant qu'ils n'aillent plus loin.

Sauf que c'était bien *lui* qui avait pris l'initiative de ce baiser !

4.

— Bonsoir, monsieur Devereux.

Le portier esquissa une courbette, puis se tourna vers Merida et ajouta avec le même hochement de tête :

— Madame.

Ils traversèrent le somptueux hall d'entrée de l'hôtel de luxe. Une clientèle fortunée y grouillait.

Partout où ils passaient, Ethan était accueilli par son nom. Il était clair que *ce nom-là* rendait inutile toute réservation. Merida se vit prestement débarrassée du sac où elle avait fourré ses vêtements, ainsi que de son imperméable. Puis le maître d'hôtel les conduisit à une table, dressée avec une recherche éblouissante.

Le restaurant était fabuleux. Il y régnait une élégance un peu surannée, typique du New York d'autrefois. Entre les hautes fenêtres étaient placés des candélabres monumentaux. En plus de l'éclairage qu'ils dispensaient, un immense chandelier étincelait de mille feux au-dessus de la piste de danse, à l'extrémité de la vaste salle. Pourtant, le lieu exhalait une intimité feutrée.

Prenant place, Merida se força à respirer profondément pour lutter contre sa nervosité. Dans l'espoir d'affronter un peu plus sereinement la situation, elle essaya de se convaincre qu'elle était sur une scène de théâtre. C'était moins déstabilisant que d'admettre la réalité de ce qu'elle vivait.

Ethan leva vers elle la coupe de champagne qu'on venait de leur servir.

— Eh bien, dit-il, j'apprécie d'être de retour à New York.

— Vous étiez en vacances ?

— Non, à l'étranger pour affaires.

Tous ses voyages avaient cette unique motivation. Il avait presque oublié à quand remontait la dernière fois où il s'était accordé des vacances.

On vint prendre leur commande, et Merida choisit des raviolis à la sauge. Elle n'avait pas très faim. La présence d'Ethan la mettait sur des charbons ardents – un état à la fois délicieux et paralysant.

Lorsqu'il annonça au maître d'hôtel que lui-même optait pour un steak, ce dernier ne lui demanda pas quelle cuisson il désirait. Preuve, s'il en était besoin, qu'Ethan était un habitué des lieux.

Ce détail suffit à rappeler à Merida qu'ils ne vivaient pas sur la même planète.

— Ainsi, cela fait presque un an que vous êtes employée à la galerie, dit Ethan, reprenant la conversation là où ils l'avaient laissée.

— Dix mois, exactement. Comme je vous le disais, ce n'est qu'un travail à mi-temps. En réalité, je suis comédienne.

Plissant légèrement les paupières, Ethan soupesa Merida du regard. Dans la longue liste de ses conquêtes, les actrices ne manquaient pas. La plupart du temps, il se montrait assez méfiant à leur égard, n'ignorant pas qu'elles voyaient dans leur relation un coup de pouce bienvenu à leur carrière – quand bien même ladite relation serait inévitablement éphémère.

— Depuis toute petite, reprit Merida, j'ai la passion du théâtre. Les opportunités de s'y faire un nom ne courent pas les rues à Londres. Aussi ai-je décidé de tenter ma chance à New York. Bien que mon père m'ait fait remarquer qu'il n'y avait pas de raison pour que ce soit plus facile ici.

Ethan haussa les sourcils. Merida ne semblait guère avoir bénéficié du soutien bienveillant de son géniteur.

— En tout cas, c'est mon rêve le plus cher, poursuivit-elle.

Même si, pour l'instant, je n'ai qu'un tout petit rôle dans une production plutôt confidentielle.

— Laquelle ?

— Cela s'intitule *Cible émouvante.*

D'une moue, Ethan indiqua qu'il n'en avait jamais entendu parler.

— Quel est votre rôle ? s'enquit-il.

— Je joue une flèche qui, hélas, rate toujours sa cible.

— Et comment êtes-vous vêtue ?

— Je porte un justaucorps et des collants noirs, ainsi qu'une longue perruque, également noire.

Contemplant la superbe chevelure fauve de Merida, Ethan observa :

— C'est bien dommage ! Une flèche à la crinière de feu serait certainement plus impressionnante.

En souriant, Merida expliqua :

— L'actrice principale porte une perruque rousse. La flèche est son ombre, en quelque sorte. Ce n'est qu'un rôle secondaire.

— Mais essentiel, je n'en doute pas. Enfin, mon opinion est peut-être un peu… *partiale.*

Ce fut d'une main tremblante que Merida porta son verre à ses lèvres. Ethan avait une manière très subtile de suggérer les choses, et cette remarque l'avait cueillie par surprise.

Il savait aussi, à la perfection, lui donner l'impression qu'elle seule comptait à ses yeux – qu'il n'aurait, en aucun cas, souhaité se trouver ailleurs qu'en ce lieu, et en sa compagnie. Pour une fois, elle avait le sentiment que la personne assise en face d'elle lui accordait sa pleine et entière attention. Ce qui n'était jamais le cas avec ses parents, lesquels avaient toujours mieux à faire que de l'écouter.

— Votre famille ne vous manque pas trop ? enchaîna Ethan.

— Parfois, admit Merida avec un hochement de tête. Mais je ne vois pas souvent mes parents. Ils sont divorcés, et chacun a refait sa vie de son côté…

L'air songeur, la jeune femme ne semblait pas prête à se

confier davantage. À sa grande surprise, Ethan le regretta. Il n'avait pas coutume de chercher à connaître l'histoire de celles qu'il mettait dans son lit, pourtant.

Car c'était bien ce qu'il comptait faire avec Merida.

Cela s'était imposé à son esprit dès l'instant où il avait décidé de reprendre le chemin de la galerie.

S'approchant de la vitrine, il l'avait contemplée.

Seigneur, qu'elle était belle ! avait-il pensé.

Certes, elle ne ressemblait en rien aux beautés qu'il fréquentait habituellement, elle n'avait pas leur sophistication, leur coiffure savamment élaborée. Elle n'essayait même pas de discipliner la masse exubérante de ses boucles de feu, qu'Ethan trouvait tout aussi fascinante que sa bouche sensuelle et ses yeux d'un intense vert jade.

Oui, Ethan mourait d'envie d'en savoir plus long sur cette ravissante nymphe. Cependant, ce n'était pas seulement pour susciter ses confidences qu'il se sentait prêt à se livrer lui-même comme il ne le faisait jamais.

Ce soir, il éprouvait le besoin de parler – comme tout un chacun quand le souci pour un proche se fait trop lourd à porter. En cet instant, Ethan éprouvait l'envie de se comporter comme n'importe qui – de s'exprimer comme jamais un Devereux ne s'autorisait à le faire.

Aussi se laissa-t-il aller à évoquer son passé.

— Je sais ce que c'est que d'avoir des parents divorcés, dit-il. Mon père a quelques mariages à son actif. Il avait déjà été marié avant d'épouser ma mère et, depuis le décès de celle-ci, il a convolé deux fois. Avec deux divorces à la clé…

— Est-ce que vous êtes resté proche de vos belles-mères ?

Ethan ne put retenir un petit rire plein d'amertume.

— Oh non ! répondit-il. Il faut dire qu'elles n'ont fait qu'un bref passage dans la famille. Ce dont je ne les blâme pas, d'ailleurs. Mon père n'a besoin d'une épouse à son bras que pour ses sorties officielles.

— Qui s'est chargé de vous élever, alors ?

— Des nurses, toutes plus rigides les unes que les autres.

Fronçant les sourcils, Ethan prit conscience qu'il avait

confié bien plus de détails sur sa vie qu'il n'en avait coutume. Il réorienta la conversation.

— Quel âge aviez-vous, lors du divorce de vos parents ? la questionna-t-il.

— Dix ans. Pendant les deux années qui ont suivi leur séparation, ils se sont disputé ma garde. En réalité, l'un comme l'autre se moquait éperdument que je lui sois confiée. Tout ce qui leur importait, c'était d'avoir le dernier mot.

La blessure était encore à vif, à l'évocation de cet épisode de son enfance. Mais au moins, songea Merida, le drame qu'avait vécu Ethan lui avait été épargné. De même que le défilé de belles-mères successives.

En silence, Merida inclina la tête vers son assiette vide. Ce fut pourtant un large sourire qu'elle tourna vers le serveur venu s'enquérir si tout s'était bien passé. Le masque était de nouveau en place, constata Ethan.

Elle avait beau afficher une affabilité pleine d'assurance, il n'en détectait pas moins chez la jeune actrice une vulnérabilité dont il ne comprenait pas la nature.

— Avez-vous des demi-frères et sœurs ? s'informa-t-il.

— Oui, mon père a un fils, et ma mère une autre fille.

Son sourire était resté en place, mais elle prit un air songeur lorsque Ethan demanda :

— Vous vous entendez bien avec eux ?

— Oh ! il m'est arrivé de m'en occuper lorsqu'ils étaient petits, répondit-elle en éludant la question. Maintenant qu'ils ont respectivement dix et douze ans, je continue à les accompagner à leurs activités, quand leurs parents sont indisponibles. Je n'aime pas l'idée qu'ils en soient privés.

— Pourquoi ? relança Ethan. Parce que cela vous est arrivé trop souvent ?

Merida fronça les sourcils. Son compagnon semblait avoir décidé d'abandonner les mondanités, pour en venir à des questions bien plus personnelles. Elle se serait volontiers dispensée d'y répondre, préférant ne pas gâcher une soirée qui s'annonçait enchanteresse.

Malgré tout, elle affecta un ton négligent pour expliquer :

— J'avais douze ans quand j'ai été retenue pour faire partie d'une assez grosse production théâtrale, à Londres. Évidemment, il fallait que mes parents m'accompagnent aux répétitions. Au début, ils ont fait l'effort. Puis mon père a changé de job, et ma mère a déménagé plus loin en banlieue…

— Vous avez été contrainte de laisser tomber, c'est ça ?

Ce fut d'un simple signe de tête que Merida acquiesça. Comment confier à un homme avec lequel elle sortait pour la première fois à quel point elle avait été blessée de devoir renoncer à son rêve ?

Cela dit, songea-t-elle, il était peut-être présomptueux de considérer cette soirée avec Ethan Devereux comme un premier rendez-vous…

Quoi qu'il en soit, Merida était sûre d'une chose : jamais elle ne s'était sentie autant à sa place qu'en compagnie de cet homme. Il montrait une capacité hallucinante à faire qu'elle se sente en phase avec lui. Elle se livrait à des confidences qu'elle n'avait jamais faites à personne, hormis à sa plus proche amie, Naomi.

— Pensez-vous rester encore longtemps à New York ? enchaîna Ethan.

Merida préféra jouer la carte de la sincérité.

— Je ne sais pas. Mes ressources commencent à s'épuiser…

Elle marqua une pause, se mordillant la lèvre inférieure. Puis elle esquissa un sourire, et ajouta :

— Mais qui sait ? Je passe une audition demain matin, pour une série télévisée.

— Pour quel rôle ?

— Une prostituée. Et qui finit assassinée, en plus…

Observant Ethan du coin de l'œil, Merida guetta sa réaction. À son grand soulagement, il se contenta de sourire, tout en plantant son regard sombre dans le sien.

Ce sourire eut raison des dernières défenses de Merida.

Comment était-il possible qu'elle soit aussi profondément émue rien qu'à voir se relever légèrement les coins de cette bouche plutôt sévère ? Elle avait l'impression que, ce faisant, Ethan avivait une petite flamme en elle.

Alors, elle lui rendit son sourire. En toute ingénuité. Pour la première fois depuis qu'ils s'étaient rencontrés, Merida laissait tomber le masque.

Ils demeurèrent silencieux, se dévisageant mutuellement. Jamais elle n'avait eu l'impression d'être à ce point reconnue, comprise. D'être à sa juste place.

Aussi, elle ne sursauta point lorsque la main d'Ethan emprisonna la sienne. Bien au contraire, elle lui abandonna ses doigts avec un indicible soulagement.

Enfin, elle avait le sentiment d'être *acceptée.*

Le serveur revint leur tendre la carte des desserts. Merida était incapable de mettre de l'ordre dans les lettres dansant devant ses yeux. Une seule pensée l'obsédait : cette soirée se terminerait-elle au lit ?

Pour sa part, elle l'espérait. Cela faisait si longtemps qu'elle attendait d'éprouver pareilles émotions !

Mais comment Ethan réagirait-il, si elle avouait être vierge.

— Qu'est-ce qui vous fait envie ? l'interrogea-t-il en désignant du menton la liste des douceurs.

Merida esquissa une moue.

— Tout a l'air délicieux, dit-elle, mais je ne veux plus rien.

— Eh bien, moi, je veux encore quelque chose. Danser avec vous !

Il se leva, la prenant par la main pour l'entraîner sur la piste. Ce fut avec un sentiment d'euphorie que Merida se retrouva serrée contre lui. Elle s'embrasa à ce contact, tout en éprouvant une totale félicité à s'abandonner entre ces bras experts.

Une main posée au creux de ses reins, Ethan y exerçait une pression à la fois douce et ferme. Il l'attira plus près, et Merida laissa sa tête reposer sur le buste puissant. Même si les choses n'allaient pas plus loin, cette soirée resterait la plus belle de sa vie.

Sauf qu'elle aurait donné n'importe quoi pour que rien de tout cela ne prenne fin.

Ethan laissa remonter la main jusqu'à la partie de son dos dévoilée par le décolleté profond. Du bout des doigts, il l'effleura. Merida ferma les yeux, submergée par une sensation d'ivresse vertigineuse.

Comment les choses allaient-elles se passer ensuite ? s'interrogea-t-elle. Elle n'avait aucune expérience de ce genre de situation.

Ethan, lui, était parfaitement à l'aise. À la façon dont elle réagissait à ses avances, il devait imaginer qu'il en était de même pour elle. Fallait-il vraiment qu'elle lui révèle sa virginité ? Ne pouvait-elle se glisser dans le rôle d'une amante aguerrie, comme elle l'aurait fait sur scène ?

Tout à coup, Merida comprenait les raisons qui faisaient qu'elle était encore vierge. Car aucun homme ne lui avait fait éprouver de telles sensations. Comparés à Ethan, tous les autres n'étaient que de pâles amateurs.

— Merida, murmura-t-il, j'ai envie de toi…

Elle leva son visage vers lui, et Ethan vit ses paupières papilloter nerveusement. Pourtant, Merida ne parut pas s'offusquer, et elle ne chercha pas à lui échapper.

Il était fou de désir. C'était pour vivre cet instant qu'il avait pris la décision de revenir à la galerie.

— Ethan…

Dans le regard vert, il perçut le conflit auquel la jeune femme était en proie. Puis elle ajouta d'une voix étranglée :

— C'est la première fois que…

Que voulait-elle dire ? Qu'elle n'avait pas l'habitude de se laisser aller avec autant de frénésie, lors d'une première rencontre ? C'était le genre de protestations embarrassées qu'Ethan avait entendues maintes fois de la part de femmes prêtes à se jeter dans son lit. Aussi ne s'y attarda-t-il pas.

— Ni toi ni moi ne pouvions imaginer que nous en viendrions là, dès ce premier soir, dit-il.

Puis il s'inclina pour poser les lèvres sur la rondeur de l'épaule nue.

À la brûlure de cette bouche sur son épiderme, Merida sentit son estomac se serrer. Et lorsque Ethan murmura à son oreille, son souffle tiède la fit se cambrer.

— Viens, Merida, fit-il.

Oh oui !

5.

Ce fut en serrant étroitement sa main qu'Ethan l'entraîna jusqu'à l'ascenseur.

Dans les miroirs recouvrant les parois de la cabine, Merida observa, fascinée, le reflet d'Ethan. Hormis l'ombre de barbe sur son menton, il affichait la même stricte élégance que s'il avait été en chemin vers ses bureaux, et non une chambre d'hôtel.

En revanche, l'image d'elle-même qui lui était renvoyée ne laissait aucun doute quant à la situation. Ses yeux démesurés lui mangeaient le visage. La tension habitant tout son corps était presque palpable. Car il s'en fallait de peu qu'elle ne cède à l'envie de se lover contre Ethan sur-le-champ.

Mais ce n'était ni le lieu ni le moment.

Dans l'univers d'Ethan, les problèmes matériels semblaient se régler comme par magie, songea Merida. Avait-il réservé une suite, avant même qu'ils n'aient gagné l'hôtel ? À vrai dire, elle s'en moquait éperdument.

Comme de savoir à quel étage l'ascenseur s'immobilisait, avant qu'Ethan ne l'entraîne le long d'un couloir à l'épaisse moquette couleur crème, jusqu'à une porte qu'il déverrouilla à l'aide d'une carte magnétique.

Derrière cette porte, Merida savait que ses rêves les plus fous deviendraient réalité.

La suite était d'un raffinement dépassant tout ce qu'elle avait imaginé, néanmoins Merida n'en avait cure. Elle n'avait d'yeux que pour Ethan.

Depuis l'instant où il était apparu dans sa vie, cet homme la subjuguait.

Comment était-il possible que cet événement ne remonte qu'à quelques heures ? s'étonna-t-elle. Pas plus tard qu'au début de l'après-midi, elle ignorait tout de l'existence d'Ethan Devereux.

Se débarrassant de sa veste, il l'envoya négligemment sur le dossier d'un fauteuil.

Par l'entrebâillement d'une large porte, Merida aperçut un grand lit à baldaquin tendu de soie ivoire, dont les draps avaient été rabattus. Assaillie par un mélange d'excitation et de terreur, elle se demanda quelle serait la réaction d'Ethan lorsqu'il apprendrait qu'elle était vierge.

Après tout, cet aveu était-il si urgent ?

D'une lourde carafe, il leur servit à chacun un verre de cognac et lui en tendit un. Merida but une gorgée dans l'espoir que cela calmerait ses nerfs. Elle sentit le feu du breuvage descendre dans sa gorge.

Ce soir, elle souffrait d'un trac inhabituel. Malgré tout, elle prit grand soin de dissimuler son appréhension. Voyant qu'il la fixait, elle gratifia Ethan d'un sourire enjôleur. Il vint jusqu'à elle, et lui prit le visage entre ses mains.

Le contact des larges paumes était délicieusement cuisant. Lorsque sa langue se glissa entre ses lèvres, Merida y goûta la saveur du cognac. La saveur, surtout, de tout ce qui lui avait tant manqué jusqu'en cet instant.

Errant tout le long de son dos, les mains d'Ethan effleurèrent sa peau nue depuis la nuque, avant de s'enhardir sous l'étoffe de la robe jusqu'à là-base de son épine dorsale. Électrisée par la hardiesse de cette caresse, Merida souda son bassin à celui d'Ethan.

Il insinua alors une main entre eux, et vint la refermer en coupe sur un sein. Du pouce, il en frôla le mamelon, faisant gémir Merida dans sa bouche, sous l'effet de cette sensation aussi divine que frustrante.

De sa main libre, Ethan entreprit de dénouer les liens

retenant la robe autour de son cou. Puis, interrompant leur baiser, il s'écarta de Merida pour la dénuder jusqu'à la taille.

Le regard de braise qu'il fixa sur sa poitrine en fit se dresser les tétons. Sans plus attendre, les longs doigts vinrent les titiller, faisant naître d'irrépressibles frémissements dans tout le corps de Merida, en proie à un mélange de nervosité et d'urgence fiévreuse.

Il était temps qu'elle prenne une initiative, se dit-elle, se souvenant de donner le change. Aussi commença-t-elle à défaire le nœud de cravate d'Ethan, tout en dardant sur le sien un regard torride, tandis qu'il continuait à jouer avec les pointes de ses seins. Avec fébrilité, elle déboutonna la chemise et en écarta les pans.

Le spectacle du torse parsemé d'une toison brune, aux deux mamelons d'un rouge sombre, lui coupa le souffle. Éblouie, elle repoussa la chemise par-dessus ses épaules, et explora de ses paumes la puissante musculature.

Il était sculptural ! s'émerveilla-t-elle *in petto*. Sentant muscles et tendons rouler sous ses doigts, elle s'imagina étroitement plaquée contre la douceur de cet épiderme.

Redoublant d'audace, Merida suivit du doigt le ruban de toison brune qui descendait vers la ceinture du pantalon. Les yeux baissés, elle vit le gonflement sous l'étoffe, et s'efforça de maîtriser l'agitation dans laquelle la plongeait la perspective de ce membre long et dur s'introduisant en elle.

— Déshabille-moi, ordonna Ethan d'une voix rauque.

Bouleversée, Merida descendit la fermeture à glissière de la braguette, sans parvenir à réprimer un tremblement. Lorsqu'elle la délivra de son carcan, la virilité triomphante d'Ethan lui emplit la main de sa chaleur palpitante. Lèvres serrées, elle lutta pour ne pas laisser percevoir sa confusion.

Les doigts d'Ethan vinrent enserrer les siens sur son sexe tendu. Au comble de l'exaltation, Merida baissa les yeux vers leurs deux mains nouées tandis qu'ensemble ils le faisaient durcir davantage.

Lorsque Ethan libéra Merida, ce fut pour la repousser impatiemment contre le mur, tout en soudant sa bouche à la sienne avec autorité. Sans même s'écarter, il la dépouilla de sa robe qui atterrit au sol.

Un instant, Ethan se recula pour enfiler un préservatif. Ensuite il s'empara de nouveau de ses lèvres, tout en bataillant pour déchirer la soie de sa culotte, dernier rempart les séparant. Jamais elle n'aurait cru possible de se soumettre sans protester à tant de domination virile.

— Ethan..., murmura-t-elle, comprenant qu'elle ne pouvait continuer à se taire. Ethan... je suis vierge.

Se demandant s'il avait mal entendu, Ethan s'immobilisa. Était-ce un jeu ? s'interrogea-t-il. Mais, plongeant son regard dans celui de Merida, il y lut un mélange de désir et de terreur qui ne laissait pas place au doute. Ainsi, c'était ce qu'elle avait voulu dire en parlant de première fois...

La sagesse aurait voulu qu'il fasse machine arrière.

Au lieu de quoi, Ethan retira le préservatif d'un geste brusque. Soudain, cette barrière de latex lui paraissait de trop, s'il s'agissait d'initier la jeune femme au plaisir !

Les yeux de Merida brillaient de larmes. Dans ce regard éperdu, toutes les hésitations et tous les scrupules d'Ethan se noyèrent. Néanmoins, il interrogea :

— Tu veux vraiment qu'on continue ?

— Oui, souffla Merida.

Dans un effort désespéré, elle se contraignit à sourire d'un air qui se voulait confiant.

Elle tendit les lèvres vers Ethan, mais il se recula.

— Alors, arrête de jouer la comédie ! ordonna-t-il.

Désormais, il savait que l'assurance affichée par Merida n'était qu'un leurre.

— Je n'y arrive pas, gémit-elle.

Car Merida ne savait comment faire pour cesser de jouer le rôle qu'elle s'était attribué. Interpréter un personnage, n'était-ce pas, chez elle, une seconde nature ?

Savoir comment se comporter dans la vraie vie était une tout autre chose. Comment exprimer ses véritables besoins ?

Ethan reprit possession de ses lèvres avec une urgence presque brutale, alors qu'elle espérait de la douceur. Le menton ferme, rendu rêche par la repousse de barbe, la meurtrissait. Une nouvelle fois, il se redressa.

— Cesse de t'acharner à me satisfaire, je t'en prie ! maugréa-t-il.

Pour un peu, Merida aurait éclaté en sanglots. Car Ethan venait de mettre le doigt sur ce qui était depuis toujours sa ligne de conduite. Avec tous ceux qui l'entouraient.

Puis il ajouta :

— Tu y réussis très bien, de toute façon.

Rien n'aurait pu tant émouvoir Merida, et une larme roula sur sa joue. Ethan la recueillit de sa langue, avec une délicatesse qui libéra ses pleurs.

La pluie de baisers déferlant sur son visage n'aurait pu être plus douce, pourtant elle avait l'impression que c'étaient de véritables coups de burin, mettant au jour la vraie Merida, sous les épaisseurs d'artifices accumulées depuis toujours.

Avec sur ses lèvres le goût salé des larmes de Merida, Ethan l'emporta jusqu'au grand lit où il la déposa délicatement, avant de la débarrasser des chaussures, du collier de perles, et même de l'élastique retenant ses cheveux. Jusqu'à ce qu'elle soit entièrement nue.

Un instant, il regretta d'avoir ôté le préservatif. La vision de la toison cuivrée, à l'apex des cuisses de Merida, lui inspira une imprécation muette. Mais certaines actions ne pouvaient souffrir d'être interrompues, et il avait laissé sa veste dans la pièce voisine.

Pour la première fois de la soirée, Merida perçut une hésitation de la part d'Ethan. Elle avait vu son coup d'œil vers la porte. Soudain, elle comprit.

— Je prends la pilule, souffla-t-elle.

— C'est une révélation dont tu devrais te garder, face à un sale type dans mon genre, riposta Ethan.

— Même si je suis folle de lui ?

Bien que cette déclaration résonne à ses oreilles comme un signal d'alarme, Ethan ne put s'empêcher d'être flatté d'inspirer un tel sentiment à la jeune femme. La lueur avide dans les prunelles vert jade l'aurait, de toute façon, dissuadé de s'attarder sur les inquiétudes qui l'assaillaient.

Merida tendit une main vers lui, avant de la retirer brusquement. Il la retint.

— Qu'y a-t-il ? Tu m'as bien caressé, tout à l'heure, non ?

C'était vrai, songea Merida. Sauf qu'à ce moment-là, elle jouait encore les amantes délurées…

Timidement, elle réitéra son geste, étonnée d'avoir autant d'audace.

Comment aurait-elle pu imaginer, lors de leur poignée de main du début de soirée, qu'elle en viendrait si vite à un contact autrement plus intime ?

L'inexpérience candide avec laquelle Merida s'employait à le satisfaire était source de plaisirs divins, découvrit Ethan. Une perle argentée pointa à l'extrémité de son sexe, suivie d'une autre, et il serra les dents pour tenir bon.

Sentir la pointe de la langue craintive le titiller fut un supplice paradisiaque. Lorsque Merida l'enserra de ses lèvres brûlantes, il étouffa un gémissement. S'il l'avait osé, il aurait retenu sa tête pour qu'elle le prenne plus profondément. Mais il craignait trop de ne pouvoir se contenir. Aussi fit-il l'inverse de ce qui le tentait, repoussant doucement Merida sur le lit.

Pendant quelques secondes, Ethan admira la crinière fauve étalée sur les oreillers, le ventre plat à la blancheur laiteuse – curieusement dépourvu de taches de rousseur –, le buisson ocre dissimulant la fleur secrète qu'il mourait d'envie de dévorer. Voyant Merida frissonner, il comprit que son regard la mettait mal à l'aise.

Rampant comme un félin, Ethan vint s'allonger lentement sur elle, pour finir par s'emparer de ses lèvres avec fougue. Grisée, elle s'émerveilla de la sensation divine de ce corps d'homme pesant de tout son poids sur elle.

Lorsqu'il releva la tête, plantant son regard dans le sien, elle songea que le vœu qu'elle avait formé juste après leur rencontre était exaucé : elle savait désormais ce qu'il en était d'être baignée par la lueur bienveillante de ces yeux sombres.

Lui écartant les cuisses, Ethan approcha la bouche de son oreille. Son halètement était une musique divine.

Merida serra les paupières, et un mouvement instinctif lui fit porter les mains aux hanches d'Ethan, comme pour le repousser, au moment où elle sentit son membre à l'orée de son sexe. Mais déjà il s'introduisait en elle. Il se retira en partie en l'entendant pousser un cri de douleur.

Merida se figea. Comment, diable, avait-elle imaginé ne rien laisser paraître ?

Elle redoutait de sentir Ethan se remettre en mouvement. Il fallait qu'il lui laisse le temps d'accepter sa présence en elle.

Comme Merida était délicieusement étroite ! s'émerveilla Ethan.

La façon dont le cœur brûlant de sa féminité l'enserrait était source de sensations ineffables. Il ne put résister à l'envie de s'enfoncer plus profondément. Lentement, car il ne voulait pas lui faire mal. Il se redressa sur ses avant-bras pour voir son expression. La délicatesse de son prudent va-et-vient ne tarda pas à avoir l'effet escompté. Peu à peu la crispation du ravissant visage s'estompa.

— Je t'interdis de simuler, souffla-t-il tandis qu'il accélérait le rythme.

Injonction superflue, comprit Ethan quand Merida commença à onduler du bassin pour accompagner ses assauts, agrippant les oreillers de chaque côté de sa tête. Alors, il prit ses jambes pour les nouer autour de lui.

— Ethan, s'écria-t-elle.

Cette fois, ce n'était pas la souffrance qui avait arraché un cri à Merida. C'était l'émerveillement dans lequel la plongeait la manière dont il la faisait sienne.

Il intensifia ses estocs, et elle lâcha les coussins pour promener frénétiquement ses paumes le long du dos d'Ethan.

La passion qu'il faisait monter en elle était grisante. Elle aurait voulu que cela ne cesse jamais.

Brisant toutes ses défenses, Ethan la projeta dans un

orgasme d'une telle puissance que Merida eut l'impression de quitter son enveloppe charnelle. Puis elle l'entendit pousser un gémissement sourd, au moment où il se déversa au plus profond de son être, avant de s'effondrer lourdement entre ses bras.

Progressivement Merida recouvra ses esprits, jusqu'à ce que par un doux baiser Ethan ne la ramène à la réalité.

— Je t'interdis de me mentir, Merida, murmura-t-il. C'est compris ?

Comblée, Merida opina du chef.

Dans la plénitude éblouie du plaisir, elle n'avait aucun doute : plus jamais elle n'aurait à lui dissimuler quoi que ce soit. Ethan la connaissait mieux que personne !

6.

Si elle l'avait pu, Merida n'aurait jamais ôté sa tête de l'épaule d'Ethan. Il lui caressait doucement le bras, et il régnait entre eux la même euphorie naturelle que s'ils se connaissaient de longue date.

Ni l'un ni l'autre ne se donnait la peine de feindre la torpeur. Chacun pensait à la nuit qu'ils venaient de vivre.

Une nuit fabuleuse, pour tous les deux, Ethan en était convaincu. Le plus troublant, c'était que lui-même soit encore plongé dans un état de complet ravissement.

Néanmoins, en cet instant, son père était conduit en salle d'opération. Ethan résolut qu'il ferait mieux d'être joignable, aussi ralluma-t-il son téléphone portable.

S'allongeant de nouveau à côté de Merida, il se remémora les événements de la veille. Pas une seconde, il ne s'était douté qu'elle fût vierge.

— Aucun regret ? questionna-t-il.

— Pas le moindre ! Enfin…

Ethan fronça les sourcils.

— Quoi ? lança-t-il.

Il allait demander s'il lui avait fait mal, mais le sourire de Merida le rassura.

— C'est juste qu'il va falloir que j'y aille, lâcha-t-elle avec une moue contrite.

— Ah oui, ton audition.

Se dégageant de son étreinte, elle afficha soudain une mine préoccupée.

— Mince ! dit-elle. J'ai laissé le sac avec mes vêtements

au restaurant. J'y avais mis le kilt que je porte *toujours* dans ces cas-là. Cela va me porter malheur de ne pas le mettre aujourd'hui, j'en suis sûre…

Levant une main rassurante, Ethan l'interrompit :

— Je vais demander que l'on apporte tes affaires.

Sur le téléphone de service, il donna l'ordre que cela soit fait sans tarder, et commanda deux petits déjeuners en prenant soin de préciser de prévoir une thermos de café, car Merida venait de lui faire signe qu'elle n'avait pas le temps de manger.

Tandis qu'il s'acquittait de sa mission, Merida contempla Ethan d'un air songeur. Ainsi, c'était là le monstre contre lequel elle avait été mise en garde ? Jamais elle ne s'était sentie à ce point choyée. Sans parler de la manière dont il avait pris soin de préserver ses sentiments – et de la combler physiquement –, au cours de la nuit…

Raccrochant le combiné, Ethan se recoucha en l'attirant contre lui. Lorsqu'il lui prit la main pour la poser sur son membre gonflant le drap, Merida s'accorda quelques secondes pour en explorer les contours, avant de s'écarter. Elle redoutait trop de perdre la notion du temps dans de nouveaux ébats.

La frustration qu'Ethan en éprouva lui fit prendre une résolution inébranlable : cette jeune beauté partagerait de nouveau son lit, la nuit suivante. Il ne pouvait en être autrement !

Pour l'instant, il constata qu'elle tournait vers lui un regard dubitatif.

— Ethan ? Avais-tu réservé cette suite, avant même de m'inviter à dîner ? Étais-tu à ce point convaincu que je ne te résisterais pas ?

— Mais non, je réserve cette suite à l'année.

— Oh… Tu n'amènes aucune femme chez toi ?

— J'évite.

Ethan se gardait bien de recevoir chez lui des compagnes susceptibles de se montrer trop envahissantes. Pourtant, il était sur le point d'enfreindre cette règle intangible…

Entendant le vibreur de son téléphone portable, Merida ne se donna même pas la peine de regarder qui l'appelait.

— C'est sûrement mon amie, Naomi, dit-elle. Chaque fois que je passe une audition, elle me souhaite bonne chance.

— Elle est comédienne, elle aussi ?

— Non, elle est puéricultrice. Elle accompagne les jeunes mamans dans les premières semaines de la vie de leur bébé. Les nourrissons la passionnent !

Ethan esquissa une grimace.

— Travailler avec des tout-petits est assez ma vision de l'enfer sur terre, grommela-t-il.

Merida éclata de rire, avant de questionner :

— Que fais-tu aujourd'hui ?

Habituellement, à l'heure qu'il était, Ethan aurait déjà gagné son bureau.

— Je ne sais pas trop, répondit-il. En fait, il faudrait que j'appelle Abe…

— Ton frère ? Vous êtes très proches ?

— Pas vraiment. On travaille ensemble, c'est tout.

— Et ton père ? Tu t'entends bien avec lui ?

Le tour par trop intime que prenait cet interrogatoire mettait Ethan mal à l'aise. Malgré tout il ne pouvait oublier qu'il s'était montré tout aussi indiscret, la veille. De plus, ce n'était pas vraiment la question qui le dérangeait ; plutôt ce que l'honnêteté l'obligeait à répondre.

— On ne peut pas dire cela. Nous nous ressemblons trop.

— Alors, je suis certaine qu'il me plairait.

Cette repartie dérouta quelque peu Ethan ; il ne s'y attendait pas. De la même manière, il s'était surpris lui-même à être aussi sincère dans sa réponse. Allongé dans ce lit, détendu et sentant le désir renaître en lui, il avait fait montre d'un abandon qui ne lui était pas coutumier.

Il inclina la tête vers la jeune femme, et leurs lèvres s'unirent.

Avec délices, Merida enregistra le contact rêche de l'ombre de barbe contre son épiderme. C'était une divine promesse de plaisirs à venir…

Leurs langues entamèrent une danse langoureuse. Le baiser d'Ethan se teinta d'une passion débridée qui faillit faire basculer Merida dans une frénésie dont elle savait qu'elle deviendrait vite incontrôlable. Il s'en fallut de peu qu'elle ne se mette à califourchon sur lui, et s'abandonne aux caresses qu'il prodiguait à sa poitrine.

Elle se contraignit à résister, s'arrachant à ses lèvres.

— Il faut que je me prépare, dit-elle.

Échappant aux bras qui l'enserraient, Merida quitta le lit.

Lorsqu'il vit sur le corps ravissant les traces que sa bouche y avait laissées, Ethan sentit sa virilité se réveiller avec force. Merida sourit en voyant le drap se soulever davantage.

— Tu veux que je m'occupe de toi ? lança-t-elle avec un clin d'œil coquin.

Surpris par cette effronterie inattendue, Ethan cligna des yeux. Ce qui déclencha l'hilarité de Merida.

— Je plaisantais, dit-elle. C'est juste une manière de m'entraîner pour mon bout d'essai.

La suivant du regard tandis qu'elle gagnait la salle de bains, Ethan fut terriblement tenté de la rejoindre sous la douche. Néanmoins, il savait combien cette audition comptait pour elle, et il ne voulait pas la mettre en retard.

Il se contenta donc de paresser dans le lit, imaginant ce que serait la nuit à venir. Mais pourquoi ne pas passer toute la journée avec Merida ? songea-t-il.

Jetant un coup d'œil à son portable, il constata qu'il n'y avait toujours aucune nouvelle de son père. Puis il appela la dévouée Helene pour annuler ses rendez-vous – chose qui n'était pas arrivée depuis de longues années.

Dans la somptueuse salle de bains, Merida prit tout son temps sous les jets puissants de la douche. Elle aurait dû se hâter, mais c'était un tel changement avec le filet d'eau – alternativement brûlant et glacé – dont elle disposait dans son minuscule appartement.

Qu'allait-il se passer maintenant ? se demanda-t-elle. Tout cela était tellement nouveau dans sa vie…

Ayant revêtu un peignoir immaculé, aussi léger qu'une caresse, Merida regagna la chambre où Ethan était toujours couché. Les rideaux étaient ouverts sur Central Park, noyé dans la brume, et l'on avait apporté le petit déjeuner. En plus de la thermos commandée, il y avait des pancakes aériens, saupoudrés de cannelle, et un bol de mascarpone. Engouffrant quelques bouchées de ce délice, Merida se dirigea vers le placard où l'attendaient effectivement son imperméable et son sac de voyage.

— Qu'est-ce qu'il y a ? lança-t-elle à Ethan, constatant qu'il la regardait avec insistance.

— Tu m'as bien dit que tu prends la pilule, n'est-ce pas ? interrogea-t-il.

— Oui, cela m'aide à gérer mes cycles quand je joue au théâtre.

Habituellement, Merida prenait son contraceptif le soir. Cependant, cela ne changerait pas grand-chose, se dit-elle, de le faire en repassant chez elle avant d'aller au studio.

Voyant la mine sérieuse qu'Ethan lui opposait, elle se hâta de le rassurer.

— Ne t'inquiète pas, je sais me protéger.

Ethan l'observa tandis qu'elle passait un large peigne dans sa crinière bouclée.

— C'est parfait, dit-il. Je me demandais si…

— N'essaie pas de m'attirer au lit, je t'en prie ! protesta Merida en souriant. J'ai trop besoin de décrocher ce job.

Lorsque Ethan formula ce qu'il avait à l'esprit, lui-même n'en crut pas ses oreilles. Ordinairement, il n'avait qu'une hâte, c'était de se débarrasser de ses maîtresses au matin d'une nuit d'amour. Jamais il ne lui venait à l'idée de prolonger les choses en partageant leur journée.

— Est-ce que tu serais d'accord pour que je t'accompagne passer ton test ? questionna-t-il. Enfin… je t'attendrais dehors, et nous irions déjeuner ensuite…

À cette proposition des plus inattendues, Merida sentit un délicieux frisson courir le long de son épine dorsale.

Dire qu'elle était en train de se préparer à affronter dignement leur séparation ! songea-t-elle.

La nuit exceptionnelle qu'elle venait de connaître n'aboutissait pas à la conclusion sans appel à laquelle elle s'attendait. Pas de baiser d'adieu. Pas de larmes contenues.

Pas de rupture définitive, tout au moins pour l'instant.

— Pourquoi pas, répondit-elle sur un ton laissant supposer un calme qu'elle était loin d'éprouver. Il faut juste que je passe à mon appartement pour prendre les papiers dont j'ai besoin.

— Alors, allons-y. J'appelle mon chauffeur.

— Ethan, je ne vais pas arriver au studio dans une limousine ! Allons-y à pied.

Ce fut donc main dans la main, qu'ils gagnèrent le quartier populaire de Hell's Kitchen, non loin de Central Park, où Merida louait un minuscule logement au-dessus d'un restaurant italien. En passant, elle fit un petit signe à Maria, la propriétaire, avec laquelle elle entretenait de chaleureuses relations.

Dans un premier temps, Ethan avait pensé qu'il attendrait sur le trottoir, mais sa curiosité l'emporta, aussi suivit-il Merida dans l'escalier plutôt miteux. Le logement se composait d'une seule pièce, modestement meublée, et de ce qu'il imagina être une salle d'eau derrière une porte peinte d'un beige fané.

Après avoir récupéré son passeport dans la valise glissée sous le lit, Merida se tourna vers Ethan.

— Il faut que je prenne le temps de me peinturlurer pour ressembler à une grue convaincante, dit-elle.

— D'accord, je t'attends en bas. Tu seras plus tranquille.

Une fois qu'Ethan eut tourné les talons, Merida se précipita dans la salle de bains, et s'attela à la tâche avec force eye-liner et mascara. Retirant son collant opaque, elle en enfila un plus fin, qu'elle déchira au genou.

Il lui faudrait offrir une boîte de chocolats à Gemma, résolut-elle, car la paire de talons aiguilles allait encore servir. Un petit haut moulant, noir, vint compléter sa tenue.

L'esprit entièrement occupé par l'audition, ainsi que par le fait de retrouver son amant devant l'immeuble, Merida dévala l'escalier en faisant claquer ses talons, sans se rendre compte qu'elle avait oublié de prendre sa pilule.

Était-ce parce qu'il n'avait pas supporté le désordre de son logement exigu qu'Ethan avait proposé de l'attendre en bas ? s'interrogea-t-elle. Son appartement était certainement à des antipodes de ce à quoi il était habitué !

Merida ne pouvait se douter de la raison qui avait chassé Ethan de chez elle. Dès qu'il s'était trouvé à l'extérieur, il avait empoigné son téléphone pour joindre Abe.

— Des nouvelles ? avait-il questionné.

— Pas encore. Ils l'ont emmené en salle d'opération à 8 heures, mais il n'est toujours pas remonté.

— Tiens-moi au courant.

— Bien sûr.

Pas de bavardage inutile. Les deux frères n'entretenaient pas ce genre de relation.

Pourquoi donc l'opération prenait-elle tant de temps ? se demanda Ethan. Pourvu que le prochain coup de fil d'Abe annonce qu'il n'avait pas de soucis à se faire !

Cela seul dissiperait le sombre pressentiment qui l'obsédait depuis qu'il avait vu son père grimacer de douleur, deux mois auparavant. Par la suite, il avait remarqué que le bel appétit du vieil homme n'était plus qu'un souvenir.

En dépit de la distance existant entre Jobe et lui, Ethan n'était pas prêt à perdre son père. Il continuait à espérer que le temps viendrait à bout de leur mésentente.

— On y va ?

La voix de Merida lui fit faire volte-face, mais il lui fallut un bref instant pour comprendre que c'était bien elle qui l'interpellait. Avec son maquillage outrancier et ses bas déchirés, elle avait tout à fait l'allure du rôle pour lequel elle postulait.

— Si jamais on nous photographie ensemble, observa Ethan, ma réputation va en souffrir.

À l'idée du tapage que causerait un cliché le montrant main dans la main avec une professionnelle, Ethan éclata de rire.

Lorsqu'ils arrivèrent au pied du bâtiment où se déroulait l'audition – dans la 54e Rue, bien sûr –, Ethan repéra un café de l'autre côté de la rue, où il attendrait. Et Merida s'engouffra sous le porche, au milieu de toute une troupe de postulantes déguisées en filles de joie.

Assis face à la vitre, dans le bistrot, Ethan songea qu'il n'était pas du tout désagréable de s'accorder une matinée de répit. Si seulement il n'avait pas été aussi soucieux du résultat de l'opération de son père…

Abe n'avait pas rappelé. Une nouvelle tentative de le joindre fut vaine. Incapable de se concentrer sur ses mails, Ethan fixa la porte par laquelle Merida avait disparu. Curieusement, une file ininterrompue d'ouvriers du bâtiment s'était substituée aux jeunes actrices à la mise suggestive.

Que se passait-il ? s'interrogea Ethan. L'immeuble présentait-il un danger quelconque ? Les ascenseurs étaient-ils tombés en panne ?

N'y tenant plus, il se leva, jeta sur la table la monnaie pour son café, et traversa la rue en zigzaguant entre les voitures.

Le hall était rempli d'hommes. Certains bavardaient, d'autres lisaient leur journal ou étaient vissés sur leur écran de portable. Ethan était sur le point de demander à quoi rimait cette farce lorsque les portes de l'ascenseur s'ouvrirent et Merida en sortit. Malgré lui, il laissa échapper un soupir de soulagement, obligé de s'avouer à lui-même qu'il s'était inquiété.

— Comment ça s'est passé ? interrogea-t-il.

Merida roula des yeux.

— Réponse habituelle : on vous appellera. Je tuerais pour un expresso, moi !

— Je comprends. Viens.

La table qu'avait occupée Ethan était toujours libre, et

ils s'y installèrent. Il commanda une autre bouteille d'eau minérale, et un café pour Merida.

— Tout va bien ? questionna-t-elle en fronçant les sourcils. Je n'ai pas été trop longue ?

Merida manquait suffisamment de confiance en elle pour ne pas s'interroger sur ce qui rendait Ethan moins enjoué qu'en début de matinée.

S'était-il lassé d'attendre trop longtemps ? Ou déjà lassé d'elle ?

C'était un sentiment qui lui était douloureusement familier que celui de se sentir rejetée. Ses parents lui avaient toujours fait sentir que sa présence les dérangeait plus qu'autre chose.

— Oui, ça va, répondit-il. Cela m'a seulement préoccupé, tous ces ouvriers entrant dans l'immeuble. J'ai craint que tu ne sois coincée dans un ascenseur.

Merida partit d'un grand rire.

— C'est juste que la production cherche un acteur pour ce rôle.

Appréciant cet aperçu sur un monde qui lui était totalement étranger, Ethan oublia un instant l'inquiétude que lui causait le fait de n'avoir toujours aucune nouvelle de Jobe. La vibration de son portable la raviva. Surtout lorsqu'il vit s'afficher le numéro de son frère.

— Il faut que je réponde, dit-il en se levant.

— Bien sûr.

Depuis la terrasse extérieure du café, Ethan rappela Abe.

— On l'a ramené dans sa chambre, annonça celui-ci sans préambule. Le professeur veut nous voir tous les deux.

Abe n'avait jamais été du genre bavard, mais le ton de sa voix en disait long.

Ethan jeta un coup d'œil en direction de Merida, assise au soleil derrière la vitre. La certitude que les choses venaient de prendre un tour inattendu le frappa comme un direct à l'estomac.

À partir de cet instant, sa vie allait basculer dans un ouragan qu'il lui serait déjà difficile d'affronter seul. Il était hors de question qu'il y expose Merida. De plus, il préférait que son chagrin n'ait pas de témoin.

Revenant vers la jeune femme, Ethan réfléchit à ce qu'il allait lui dire. Moins elle en saurait, mieux cela vaudrait ! La famille Devereux n'avait pas coutume d'exposer ses problèmes au grand jour.

Aussi, se plantant à côté de la table, il se composa la physionomie qui faisait sa réputation d'arrogance.

— J'ai un empêchement, annonça-t-il sèchement.

Le ton sévère d'Ethan arracha Merida à ses rêveries. Au lieu de revivre chaque instant de son audition – comme cela aurait été le cas d'ordinaire –, elle s'était absorbée dans les souvenirs de la nuit passée. Levant les yeux, elle vit qu'Ethan lui opposait une expression indéchiffrable. Manifestement, il était redevenu celui qu'elle avait rencontré à la galerie : un être indifférent, un brin dédaigneux, et clairement désireux de tirer sa révérence.

— Que se passe-t-il ? questionna-t-elle.

— Je dois y aller.

— Tout de suite ?

Merida avait essayé de contenir le tremblement de sa voix, mais sans grand succès.

— Oui. Immédiatement.

Ce fut par le plus grand effort de volonté qu'elle se retint de demander : *Quand vais-je te revoir ? Tu m'appelleras ?*

— Prends soin de toi, ajouta Ethan tout à trac.

Il se préparait à tourner les talons lorsque Merida se leva. Ce qu'il fit, alors, la stupéfia. Se tournant vers elle, il boutonna jusqu'en haut le trench-coat qu'elle portait entrouvert, puis en noua la ceinture.

— Il fait froid, observa-t-il en guise d'explication.

Ensuite, il quitta le bistrot sans même un regard en arrière, la laissant interdite.

— Est-ce qu'il est au courant ?

C'était Abe qui menait l'entretien avec le professeur. Le

dos tourné aux deux hommes, Ethan observait un tableau, sur le mur. C'était une représentation du pont de Brooklyn, de nuit, avec les gratte-ciel de Manhattan en arrière-plan.

Ce tableau, il le reconnaissait parfaitement. Il était déjà là, vingt-cinq ans plus tôt, lorsqu'on les avait conduits auprès de leur mère.

S'arrachant à cette pénible contemplation, Ethan reporta son attention sur la conversation. Le professeur était en train d'expliquer que Jobe connaissait la nature de sa maladie depuis plusieurs semaines. L'intervention du matin avait servi à explorer la tumeur, et à prélever ce qui permettrait d'effectuer une biopsie. Elle confirmerait inévitablement le résultat des multiples scanners précédents.

Un instant, Ethan fut submergé par une colère froide à l'idée que son père affrontait seul la situation depuis si longtemps. Néanmoins, il le connaissait assez pour savoir que Jobe ne supportait pas de se montrer affaibli aux yeux d'autrui – même de ses fils.

Cette fois, Ethan fit face au médecin pour demander :

— Il en a pour combien de temps ?

— C'est difficile à dire. Six mois, si le traitement fait son effet. Cela dit, connaissant la personnalité de M. Devereux, l'on peut espérer une année.

— Est-ce qu'on peut le voir ?

— Oui. Pas de problème.

Si Ethan s'était attendu à se trouver en présence de l'ombre de son père, il s'était lourdement trompé, comprit-il à peine son frère et lui étaient-ils entrés dans la chambre. Le diable d'homme était assis dans son lit, bien que soutenu par une pile d'oreillers.

— Tu aurais dû nous mettre au courant, attaqua Ethan.

— Ah, tu ne vas pas commencer, objecta Jobe, écartant la remarque de son fils d'un geste de la main. Tout va bien !

— Tu sais que c'est faux ! s'indigna Abe. D'abord, il faut que tu te reposes, et…

— Si tu permets, j'organiserai ma propre fin moi-même.

Et il n'est pas question que la moindre information transpire à l'extérieur de ces murs.

— Nous ne pouvons pas tenir à l'écart le conseil d'administration, insista Abe.

— Bien sûr que si. Pour l'instant, occupons-nous de notre implantation à Dubaï.

Dans le monde où évoluait la famille Devereux, rien n'avait autant d'importance que les affaires, songea amèrement Ethan.

Il regagna son bureau avant midi – mettant ainsi un terme prématuré à ce qui aurait dû être son premier jour de repos de longue date.

— Comment va Jobe ? l'interrogea Helene, le regard inquiet.

— Ça va, prétendit Ethan. Ce sont seulement des calculs biliaires. Tout cela doit rester entre nous.

— Évidemment, renchérit Helene.

Le spectacle continuait…

Pour Merida, c'était au sens propre !

Ses journées étaient bien remplies entre la galerie et le théâtre. Pourtant, la vie lui semblait affreusement vide loin d'Ethan.

Oh ! bien sûr, le printemps était là. Les jours allongeaient, et la température était plus douce. Pourtant, la façon dont Ethan s'était brusquement éclipsé la laissait frissonnante et glacée.

Malgré tout, songeait-elle tristement, elle aurait dû s'y attendre. Ne l'avait-on pas mise en garde contre les comportements d'Ethan Devereux ?

Même la nouvelle qu'elle était embauchée pour le tournage de la série télévisée, ne réussit pas à la réjouir. Cela ne suffisait pas à effacer la désolation qu'Ethan avait laissée dans son cœur.

Il n'était pas jusqu'à son amie Naomi qui n'ait perçu quelque chose, depuis l'Angleterre.

— Tu n'as pas l'air aussi excitée que je l'imaginais, dit-elle lorsque Merida l'appela pour lui annoncer son engagement.

— Bien sûr que si, je suis ravie ! protesta Merida. C'est juste que je me demande si je ne devrais pas donner ma démission de la galerie. Reece fait un peu la tête à l'idée de tous les jours où je vais manquer…

— Merida, tu es certaine que tout va bien ?

— Mais oui, je t'assure…

Malgré elle, Merida ne put empêcher sa voix de se briser. Elle prit une profonde inspiration, avant d'ajouter :

— En fait… j'ai rencontré quelqu'un.

Alors, Merida dévida toute l'histoire.

Oh ! pas exactement *toute*. Elle se garda bien de préciser l'identité de son amant. Et si elle s'épancha sur ce que leur nuit avait eu de magique, elle laissa Naomi en imaginer les détails intimes. À son grand désespoir, précisa-t-elle, il semblait bien qu'il ne se soit agi que d'une aventure d'un soir. Et pourtant, ils s'étaient merveilleusement entendus, même le matin suivant…

— Cela avait l'air beaucoup plus sérieux, confia-t-elle. J'y croyais vraiment.

— Et il ne t'a plus donné de nouvelles ? Depuis combien de temps, en fait ?

— Deux semaines. Mais il n'a pas mon numéro…

— Merida, cet homme sait pertinemment où tu travailles. Il connaît même ton adresse personnelle. Alors, s'il ne t'a pas recontactée, les choses sont claires. Oublie-le, ma chérie ! Passe à autre chose !

Naomi n'avait pas tort.

Merida fit tout son possible pour suivre le conseil de sa meilleure amie. Même lorsqu'elle se retrouva dans Central Park – pour filmer la scène où la prostituée allait être assassinée –, elle prit bien garde à ne pas regarder en direction de l'hôtel où elle avait passé la nuit avec Ethan. C'était trop douloureux.

En pensant toujours à lui, elle enfila sa perruque brune, avant d'entrer en scène, ce deuxième samedi sans nouvelles.

Les représentations étaient les seuls moments où Merida trouvait un dérivatif bienvenu à son chagrin.

Ne savait-elle pas, depuis toujours, qu'il était plus facile de jouer sa vie que de la vivre ? Sourire, ravaler sa colère…, c'était tellement plus simple si l'on jouait un rôle.

C'était une technique qu'elle avait expérimentée très tôt.

Lorsque la nouvelle compagne de son père avait clairement signifié qu'elle ne s'encombrerait pas d'une adolescente, Merida s'était contentée de dissimuler sa souffrance derrière un masque. Quand l'affreux Mike, second mari de sa mère, l'avait traitée comme une esclave, eh bien, elle s'était glissée dans le rôle de la petite servante soumise plutôt que de se révolter. Cela avait même rendu plus drôle le fait de faire les lits de toute la famille.

Pendant deux heures, portée par les réactions du maigre public, Merida utilisa sa souffrance pour nourrir son interprétation.

— Tu es excellente ce soir, Merida ! lui souffla Daryl, le metteur en scène, à l'entracte.

Sauf que, de retour dans sa petite loge miteuse, elle se souvint que c'était la seizième soirée sans un signe d'Ethan.

Elle ôtait sa perruque lorsqu'on frappa à la porte. Était-ce enfin ce qu'elle espérait ? s'interrogea-t-elle en frissonnant.

— Quelqu'un te demande, lança Daryl en passant la tête par l'entrebâillement de la porte.

— Qui est-ce ?

— Crois-moi, ma petite, on n'a pas besoin de l'annoncer !

D'une main tremblante, Merida remit un peu de rouge à lèvres et essaya de discipliner sa chevelure. Son cœur battait la chamade. Et lorsqu'un nouveau coup fut frappé à la porte, elle crut qu'elle allait défaillir.

Ce ne pouvait être qu'Ethan !

D'une voix étranglée, elle lança :

— Entrez !

La porte s'ouvrit, et on s'exclama :

— Merida, vous m'avez complètement emballé, ce soir !

Plus tard, Merida songea qu'elle était probablement la seule actrice, dans toute l'histoire du théâtre contemporain, à s'être visiblement affaissée en voyant paraître le célèbre producteur Anton Del Bosco.

Ce fut une très étrange soirée.

Del Bosco avait proposé à Merida une audition pour le rôle de Belladona – sulfureuse belle dame, aux pouvoirs inspirés par la plante vénéneuse du même nom –, dans *Night Forest*, nouvelle production théâtrale programmée dans l'une des salles les plus en vue de Broadway. C'était le rêve de sa vie qui prenait forme.

Une fois le producteur parti, toute la troupe se précipita pour la féliciter. Ensuite, ils allèrent célébrer l'événement.

Pourtant Merida refusa la moindre coupe de champagne. Elle redoutait trop qu'un seul verre d'alcool ne suffise à la faire fondre en larmes.

Dans le taxi du retour, elle s'efforça de se persuader qu'elle venait de vivre la plus belle soirée de sa vie. En vain !

Le cœur gros, elle gravit les escaliers d'un pas lourd, jusqu'à son appartement. Sans prendre la peine de retirer son manteau, elle se laissa tomber dans l'unique fauteuil, le regard perdu dans le vague.

Ensuite, elle fit ce qu'elle n'aurait jamais dû faire.

Allumant son ordinateur, elle entra le nom d'Ethan Devereux sur un moteur de recherche.

Les articles ne manquaient pas. À en croire ce qu'elle lisait, ce soir il était à une soirée de gala : le bal Carmody.

C'était une torture de le voir au bras d'une superbe blonde, qui devait être dans son lit à l'heure qu'il était.

Tout à coup, Merida sentit monter la nausée. Elle se précipita aux toilettes. Cramponnée à la cuvette d'une main, retenant ses cheveux de l'autre, elle se répéta en boucle : *Oublie-le. Passe à autre chose !*

N'était-elle pas en passe d'obtenir ce pour quoi elle était venue à New York ? Sa chance sur une scène de Broadway !

Sauf que l'ordre de ses priorités avait été bouleversé. Ethan Devereux en occupait désormais le premier rang.

Pour formuler les choses littéralement, elle n'était pas *tombée* amoureuse d'Ethan. Ce qu'elle avait vécu ne pouvait être décrit comme une chute. À vrai dire, elle avait été *hissée* jusqu'à lui. Jusqu'à un univers plus brillant, plus lumineux, plus radieux, tout simplement parce qu'il y était présent.

Sauf que les lumières s'étaient éteintes.

Cette fois, *oui*, l'on pouvait véritablement parler de chute.

7.

S'il existait des remèdes au chagrin d'amour, répéter dans une production théâtrale à Broadway aurait dû se classer au premier rang de la liste des médications.

Merida n'avait eu d'autre choix que de donner sa démission à Reece, car elle était en scène six jours sur sept.

Le travail de répétition n'aurait pas dû lui laisser une minute pour penser à Ethan. Sauf que son souvenir continuait à la hanter. De plus, un autre tracas aggravait son tourment.

Certes, il n'était pas étonnant qu'elle soit fatiguée après de telles journées. Mais elle était carrément *épuisée*, en rentrant chez elle, chaque soir.

D'ordinaire, le théâtre lui insufflait une énergie indomptable. Or, cette fois, c'était loin d'être le cas. En fait, un retard de règles tout à fait inhabituel lui causait un souci monstre. Et sa doublure, Sabine – laquelle tenait également le rôle d'un des oiseaux de la forêt –, l'avait même surprise en train de vomir dans les toilettes.

En dépit de tous ses efforts, Merida ne parvenait pas à repousser un funeste souvenir : celui de cette matinée où elle était repassée chez elle pour se changer, tandis qu'Ethan l'attendait dans la rue. La seule fois où il n'aurait pas fallu qu'elle oublie de prendre la pilule ! Bien sûr, elle y avait encore moins pensé quand, en larmes, elle avait retrouvé son petit appartement, après qu'Ethan l'eut impitoyablement abandonnée.

Lorsqu'une nouvelle fois elle fut surprise à être malade par Sabine, Merida décida qu'il était grand temps de tirer les choses au clair. Cependant, ce fut en se répétant qu'elle ne *pouvait pas* être enceinte qu'elle s'arrêta dans une pharmacie, en rentrant chez elle.

Il y avait forcément une autre cause à ses malaises.

Les deux fatidiques barres bleues, sur le test de grossesse, ne tardèrent pas à affirmer le contraire.

Enceinte ! Elle était bel et bien enceinte.

Vers qui se tourner pour chercher de l'aide ?

Sa mère ? Inutile !

Elle savait trop bien ce qu'elle entendrait : « Surtout, ne commet pas la même erreur que moi ! »

La mère de Merida n'avait que dix-huit ans lorsqu'elle s'était retrouvée enceinte, au sortir du lycée. Elle ne faisait pas mystère d'avoir vécu cela comme un drame.

Quant à appeler son père, il n'en était pas non plus question. Merida imaginait la mimique excédée de sa belle-mère, outrée d'une telle intrusion dans leur vie de famille.

Au fond, son départ d'Angleterre n'avait-il pas été motivé davantage par le besoin de fuir l'indifférence de ses géniteurs que par l'espoir de réussir à Broadway ?

S'étaient-ils au moins rendu compte de son absence ? Se souciaient-ils de la vie qu'elle menait à New York ?

La seule personne à laquelle se confier était Naomi. Néanmoins, l'amour des bébés qui avait poussé cette dernière à devenir puéricultrice ne garantissait pas qu'elle soit capable d'un jugement objectif sur la situation.

C'est ainsi que Merida décida d'endosser un nouveau rôle. Personne ne saurait rien de son état !

Le soir de la première approchait, et les répétitions duraient maintenant près de douze heures par jour. Afin de réaliser les programmes, une séance de photos, en costumes et avec maquillage, avait été organisée. Merida était enchantée de sa robe en velours, d'un noir aile de corbeau. Ses yeux étaient ourlés de khôl, et ses lèvres peintes d'un violet foncé évoquant les baies de la plante dont elle portait le nom. Cette fois, sa longue chevelure n'était pas dissimulée sous une perruque. Tirée en arrière, elle retombait sur ses épaules en ondulations sinueuses.

Assise devant le miroir de sa loge, Merida retirait le lourd maquillage de son visage lorsque Sabine entra dans son costume scintillant d'oiseau de paradis.

— Tu es superbe ! s'exclama Merida.

Sabine entreprit de se dévêtir.

— Je sais, acquiesça-t-elle. Je n'ai même pas envie de l'enlever.

— Dis donc, tu ne voudrais pas qu'on aille manger un morceau ? proposa Merida.

Elles se décidèrent pour le petit restaurant italien, malgré sa clientèle fort bruyante. Les pâtes y étaient excellentes, et Merida se réjouissait de n'avoir qu'un étage à monter pour être chez elle.

— Est-ce qu'on prend un peu de vin ? demanda Sabine.

Merida déclina.

— Il vaut mieux que je reste à l'eau, sinon je risque de m'endormir sur mon assiette.

Sabine commanda un verre de rouge et, pendant un moment, elles se contentèrent de reprendre des forces en faisant le plein de glucides amplement mérités.

Puis Sabine reposa sa fourchette, et lança à Merida un regard inquisiteur.

— Tout va bien, Merida ?

— Oui, tout à fait.

— Tu peux me dire la vérité, tu sais.

Levant les yeux vers sa doublure, Merida esquissa une grimace.

— Non, je ne peux pas, souffla-t-elle. C'est compliqué.

Sabine ne renonça pas.

— Tu as plusieurs semaines de retard, c'est cela ? interrogea-t-elle.

— Comment le sais-tu ?

— Je te rappelle que nous partageons la même loge. Et

je t'ai surprise à vomir au moins à deux reprises. D'ailleurs, ça ne s'est pas reproduit. Tu n'as plus de nausées ?

Merida opina du chef.

— J'imagine que tu as pris tes dispositions, enchaîna Sabine. Je ne suis pas la seule à avoir compris ce qu'il en est.

Fermant les yeux, Merida se dit que si Anton était au courant, elle était fichue.

— Est-ce que tu as prévenu le père ? insista Sabine.

— Non. C'était juste…

Les mots s'étranglèrent dans la gorge de Merida, et elle ne put que hausser les épaules. De toute façon, il était hors de question qu'elle révèle l'identité du père de son enfant… Elle finit par reprendre :

— C'était juste… une aventure d'un soir.

Comme ces mots lui étaient douloureux ! Car la nuit passée avec Ethan semblait tellement davantage que cela.

Les conséquences, en tout cas, étaient colossales.

— Je ne sais vraiment pas quoi faire, enchaîna-t-elle. C'est un peu la raison pour laquelle je t'ai proposé ce dîner.

Fourrageant dans les profondeurs de son immense sac, Sabine en extirpa une carte.

— Tiens, dit-elle en la tendant à Merida. J'ai déjà eu affaire à lui. C'est quelqu'un de sûr. Il te tirera d'affaire.

On aurait cru qu'elle lui recommandait un dentiste, songea Merida.

— Et… Si je n'ai pas envie d'en venir là ? avança-t-elle.

— Alors, ma petite, c'est mon nom qui apparaîtra sur l'affiche ! À la place du tien.

C'était sans la moindre perfidie que Sabine avait fait cette réponse – juste l'affirmation de la plus stricte vérité.

À deux semaines de la soirée d'ouverture, il était clair que le rôle relativement mineur de Belladona pourrait sans peine être assuré par la doublure. Sauf que si c'était un emploi secondaire dans la pièce, il n'en était pas moins de toute première importance aux yeux de Merida.

Elle n'avait pas oublié la défection à laquelle on l'avait obligée, enfant, dans le spectacle du West End londonien.

Ne s'était-elle pas promis que plus jamais on ne la priverait de participer à une première ?

Après cela, elle parlerait à Anton. Ensuite, elle tirerait sa révérence avec élégance.

Cet objectif devint sa motivation capitale.

S'en tenant à cette décision, Merida recouvra toute son énergie, et son courage. Au point qu'elle finit par se décider à essayer de joindre Ethan pour l'informer de la situation.

Il lui fallut batailler ferme avec la standardiste, au siège de la société Devereux, pour obtenir qu'on la mette en ligne avec une certaine Helene, dont on lui indiqua qu'il s'agissait de l'assistante personnelle d'Ethan.

Merida s'éclaircit la voix.

— Puis-je parler à Ethan Devereux ? demanda-t-elle.

— Pardon ?

Se demandant si elle avait mal articulé, Merida répéta :

— Ethan Devereux, s'il vous plaît…

— Oui, répliqua la femme sèchement, j'avais compris. C'est à quel sujet ?

— C'est personnel.

— Est-ce que vous avez conscience d'être sur son lieu de travail ? Vous avez suffisamment cassé les pieds à la réceptionniste, et…

Merida coupa court au flot de récriminations qui s'annonçait.

— Pourriez-vous lui dire que Merida a appelé ?

— Écoutez, mademoiselle, si M. Devereux avait l'intention d'avoir de vos nouvelles, il vous aurait indiqué comment le joindre directement.

Cette rebuffade suffit à persuader Merida qu'elle s'était acquittée de son devoir : elle avait tenté de prévenir Ethan. Désormais, elle pouvait se concentrer sur son rôle au théâtre en mettant de côté sa grossesse.

Il ne restait plus qu'une semaine avant la première, et le moment de l'essayage final arriva. Excitées de toucher enfin au but – après tant de sueur et de larmes –, Merida et Sabine étaient penchées sur un exemplaire du programme lorsque Anton passa la tête par la porte de leur loge commune.

— Merida, lança-t-il, pourrais-je te voir un instant en particulier ?

Sabine se leva pour sortir, et Merida répondit avec un grand sourire :

— Bien sûr, Anton !

Curieusement, le producteur ne lui retourna pas son sourire.

— Je viens de m'entretenir avec Rhoda, l'habilleuse, dit-il. Elle dit qu'il a été nécessaire d'élargir le buste de ta robe. Tu as pris de la poitrine. Or, par ailleurs, tu as perdu du poids.

— Nous avons *tous* maigri !

C'était vrai. Les semaines de dur labeur avaient laissé des traces évidentes sur tous les membres de la distribution.

— Ne joue pas au plus fin avec moi, Merida ! Dans certaines de tes scènes, tu es suspendue au-dessus du plateau par un harnais. Aucune compagnie d'assurances n'acceptera de nous couvrir si ce que je crois est confirmé.

Merida déglutit, avant de gémir :

— Anton…

— Je veux un certificat médical, garantissant que tu es parfaitement en état de te produire. Ou sinon, c'est la porte !

— Anton, je vous en prie… Il n'y a aucune raison pour…

— Il y a un *milliard* de raisons, si tu veux le savoir. Je t'accorde une semaine. Ou bien tu produis un certificat en bonne et due forme, ou bien tu ne montes pas sur scène !

Ce fut une semaine d'enfer.

Le médecin ne se montra pas des plus chaleureux.

— À quand remontent vos dernières règles ? maugréa-t-il d'un ton morne en examinant Merida.

— Je ne sais pas trop… Il me semble que…

— J'ai besoin de le savoir, si vous voulez que je précise le terme. À moins que vous ne connaissiez la date de conception.

Pour un peu, Merida aurait pu en indiquer l'heure exacte.

— Vous êtes enceinte de quatorze semaines, alors, déclara le praticien. Vous êtes déjà dans le second trimestre…

Voyant Merida fondre en larmes, il en conclut que cette naissance n'était pas désirée. Aussi enchaîna-t-il :

— Je ne sais ce que vous envisagez, mais il ne vous reste plus beaucoup de temps pour prendre une décision.

— Je garde l'enfant, déclara Merida d'un ton ferme.

Merida quitta le cabinet médical munie d'une date d'accouchement – le 14 décembre –, ainsi que d'une ordonnance pour une batterie de tests sanguins et une échographie. Une fois de retour chez elle, ce fut avec une résolution toute nouvelle qu'elle empoigna son téléphone pour contacter Naomi : elle n'avait plus aucune raison de garder le secret sur l'identité de son amant d'un soir.

— Il s'appelle Ethan Devereux, dit-elle. Sa famille est l'une des plus importantes de New York, et…

— J'ai entendu parler des Devereux, la coupa son amie. Oh ! mon Dieu, Merida, il faut absolument que tu rentres en Angleterre ! Tu ne peux pas affronter seule cette famille. Surtout sur leur terrain !

— J'ai réservé un vol pour vendredi.

Le choix de la date n'était pas un hasard. Elle quitterait New York le soir de la première. Comment supporter d'être à quelques encablures du théâtre en ne faisant plus partie de la troupe ?

— J'imagine qu'il faut que je mette Ethan au courant, malgré tout…, ajouta-t-elle.

— Certainement, mais… ce serait plus sûr si tu attendais d'être ici.

Merida s'insurgea :

— Mais enfin, Naomi, qu'est-ce que tu imagines ? Ethan s'est toujours comporté en parfait gentleman avec moi !

— Pour une nuit, pas davantage !

Son amie n'avait pas tort, songea Merida. Si Ethan avait vu dans cette relation autre chose qu'un coup d'un soir, pourquoi n'avait-il pas cherché à la revoir ?

Les pleurs d'un bébé, à l'arrière-plan, mirent fin à la conversation.

Lorsque Merida raccrocha, la panique l'envahit. Entendre les vagissements de ce nouveau-né avait été comme un électrochoc.

À son retour à Londres, elle se retrouverait sans emploi, sans un sou, et sans logement. Où diable allait-elle se réfugier ? Il était hors de question qu'elle s'impose chez Naomi – celle-ci ne disposait pas de l'espace nécessaire pour l'accueillir, même temporairement. Débarquer chez ses parents ? C'était tout bonnement impensable !

Une exploration rapide de quelques sites d'hôtels londoniens – même modestes –, lui fit prendre le mors aux dents. Tout à coup, elle en voulait épouvantablement à Ethan Devereux de l'avoir abandonnée sans un regard en arrière. Elle était furieuse contre cet homme dont l'assistante jouait les sentinelles pour évincer la kyrielle de femmes cherchant à le joindre.

Pendant les quelques jours précédant son départ de New York, la colère de Merida ne cessa d'enfler. Au point que sa valise faite, elle ne put se retenir de tenter une nouvelle fois de contacter Ethan.

La même impitoyable Helene lui rabâcha que M. Devereux ne prenait aucun appel autre que professionnel.

— Dites-lui seulement, martela Merida, que Mlle Cartwright prend l'avion pour Londres ce soir même, et que la balle est dans son camp !

— Écoutez, mademoiselle, ce ton menaçant est inutile, et…

— Non, c'est *vous* qui allez m'écouter ! Faites-lui savoir que, dorénavant, c'est mon avocat qui le contactera.

Étant donné que Merida avait tout juste les moyens de se payer un taxi, cette dernière affirmation n'était qu'un coup de bluff. Mais c'était sa rage qui avait parlé, ainsi que sa frustration.

Elle avait cru pouvoir s'expliquer avec Ethan face à face, comme deux adultes responsables. À qui la faute s'ils se trouvaient désormais obligés d'affronter la situation en étant chacun d'un côté de l'Atlantique ?

Éclatant en sanglots, Merida comprit qu'elle n'avait jamais voulu que les choses en arrivent là. Pour un peu, elle aurait rappelé Helene pour retirer tout ce qu'elle venait de dire. Malheureusement, il était trop tard. Un coup d'œil à sa montre lui confirma l'urgence de partir à l'aéroport.

Enfilant son manteau, par-dessus le pantalon de yoga et le T-shirt ample qu'elle avait choisis pour être à l'aise pendant le vol, elle pensa qu'elle aurait dû plutôt revêtir la splendide robe de velours noir de son rôle.

Il aurait été aussi grand temps qu'elle se rende au théâtre, où les bouquets de fleurs devaient commencer à être livrés dans les loges des comédiennes.

Cela faisait si longtemps qu'elle rêvait de vivre une soirée pareille ! Au lieu de quoi, elle était en train de traîner sa valise hors de l'immeuble miteux où elle avait abrité ses espoirs pendant un peu plus d'une année.

Avant de héler un taxi, elle entra dans le petit restaurant italien pour rendre ses clés. Maria la serra sur son cœur.

— Ah, Merida, s'exclama-t-elle, *mi mancherai !*

— Toi aussi, tu vas me manquer, Maria, répliqua Merida, les larmes aux yeux.

Dans la voiture qui l'emportait vers l'aéroport JFK, elle regarda défiler les rues de cette ville où il s'en était fallu de peu que son rêve devienne réalité.

Comble de l'ironie, le chauffeur choisit de traverser le quartier des théâtres ! Au lieu de fermer les yeux, Merida se tordit le cou pour voir la façade de celui où elle aurait dû se produire. Bien que l'heure du lever de rideau ne soit pas toute proche, le public se pressait devant l'entrée.

Et, oui, des livreurs chargés de bouquets de fleurs fendaient la foule.

8.

C'était la soirée d'ouverture de la nouvelle production de l'un des théâtres les plus en vue de Broadway, et la tradition de sponsoring à laquelle les Devereux ne dérogeaient jamais avait valu une invitation à chacun des membres du clan.

Abe s'était fait accompagner de la très patiente Candice. De toute évidence, songea Ethan, Jobe n'avait pas renoué avec Chantelle. Quant à lui-même, il ne s'était pas mis en peine de trouver une cavalière pour l'occasion. À quoi bon ?

Depuis qu'il avait appris la gravité de l'état de santé de son père, ses éphémères relations n'avaient jamais duré au-delà d'une nuit – et son chauffeur avait raccompagné chacune des conquêtes avant le point du jour.

Fallait-il y voir un lien quelconque avec sa rencontre avec Merida ? s'interrogea Ethan. Bien sûr que non !

Les sentiments, ce n'était pas sa tasse de thé ! Il n'avait jamais donné dans ce registre, et entendait bien continuer ainsi. Néanmoins, cette soirée au théâtre le mettait étrangement mal à l'aise.

Merida lui manquait-elle tant que ça ?

Certainement pas ! se morigéna-t-il *in petto.*

Il était seulement à bout de nerfs depuis l'annonce de la maladie de Jobe.

Avec son caractère de cochon, celui-ci s'obstinait à être présent au bureau comme si de rien n'était. Fort heureusement, il n'avait pas persisté dans sa volonté de cacher la situation au conseil d'administration.

Tandis qu'ils remontaient le tapis rouge, tous les regards

étaient fixés sur le vieil homme. Si Jobe parvenait à faire bonne figure, sa perte de poids n'en demeurait pas moins évidente. Lorsqu'ils gravirent les marches jusqu'à leur loge, Ethan remarqua que son père respirait avec peine.

Alors qu'il feuilletait le programme, son attention fut arrêtée par une tache de couleur vive. Il aurait reconnu entre mille cette crinière de feu. Le lourd maquillage ne suffisait pas à rendre Merida méconnaissable. La photo la montrait – toute de noir vêtue –, penchée au-dessus d'un autre acteur, avec un sourire sardonique.

Ainsi, songea Ethan, elle avait réalisé son rêve…

Passant en revue les biographies des acteurs, il trouva celle qu'il cherchait :

Merida Cartwright – Belladona

Les renseignements donnés ne lui apprirent rien de nouveau, hormis que Merida était titulaire d'un diplôme universitaire en histoire de l'art dramatique.

Ce fut en souriant qu'il nota sa participation à une populaire série télévisée. Donc, comprit-il, Merida avait réussi son audition, ce jour-là.

Revivant en pensée ces quelques heures, il se remémora la façon dont la jeune femme avait fait rayonner un soleil éclatant par cette brumeuse matinée d'un printemps tardif.

Depuis lors, il semblait à Ethan que le soleil s'était éteint.

L'été avait beau battre son plein, les jours lui paraissaient tous plus gris les uns que les autres. Le rythme infernal de travail auquel il se soumettait – il enchaînait les déplacements entre New York et Dubaï – ne suffisait pas à ce qu'il se voile la face : oui, Merida avait laissé un curieux vide dans sa vie…

À une occasion, même, il s'était rendu à la galerie au prétexte d'acquérir un tapis. Au détour de la conversation, le galeriste lui avait appris que Merida s'était envolée vers un autre destin. Ethan s'en était réjoui pour elle.

Entendant l'annonce faite aux spectateurs de penser à

éteindre leurs portables, il constata qu'Helene avait cherché à le contacter. Il était trop tard pour la joindre. Le rideau n'allait pas tarder à se lever.

C'était tout juste si Ethan parvenait à contenir l'impatience qui l'envahissait à l'idée de revoir Merida. En définitive, il semblait bien qu'elle lui ait manqué au-delà de ce qu'il était prêt à s'avouer.

À l'entracte, il enverrait un SMS à son assistante pour qu'elle fasse livrer des fleurs dans la loge de la jeune actrice, décida-t-il. Lui-même se glisserait en coulisse dès la fin de la représentation. Et puis, après la petite fête entre comédiens, il entraînerait Merida vers quelque chose de plus… *intime*.

Cela faisait si longtemps… D'interminables semaines. Des mois, à vrai dire.

Quatre mois, exactement, pendant lesquels il avait dormi seul. Eh bien, cela allait changer ! Et pas plus tard que le soir même.

Les lumières s'éteignirent tandis qu'une autre annonce était diffusée. Celle-ci lui fit froncer les sourcils.

⊠ Ce soir, le rôle de Belladona ne sera pas tenu par Merida Cartwright, mais par Sabine…

Ethan ne prêta même pas attention à la fin de la phrase.

Que se passait-il ? Pour rien au monde Merida n'aurait raté la première new-yorkaise de la pièce où elle figurait !

Le rideau s'ouvrit, et Ethan scruta les acteurs au fur et à mesure de leur entrée en scène. Jusqu'à ce qu'il ait acquis la certitude que, non, Merida ne faisait pas partie de la troupe. Il n'avait plus aucune raison d'assister à la représentation, aussi se leva-t-il discrètement.

— Où vas-tu ? lui murmura Abe.

Ethan aurait été bien en peine de répondre. Il n'en savait fichtre rien.

Cédant à une impulsion, il appela son chauffeur pour qu'il le conduise au petit appartement où il avait accompagné Merida. Comme il l'avait redouté, personne ne lui ouvrit lorsqu'il tambourina à la porte. Où donc était-elle passée ?

Soudain, il se rappela l'avoir vue faire un signe amical à la patronne du restaurant italien, au rez-de-chaussée.

Secouant la tête d'un air désolé, la femme répondit à ses questions avec un fort accent étranger :

— Merida… ? Vous manquez elle de peu !

— Vous savez quand est-ce qu'elle rentre ?

— Oh ! mais pas rentrer ! Elle partir Angleterre !

De retour sur le trottoir, Ethan jugea que la seule option était celle des temps de crise : faire appel à Helene, et à son efficacité sans faille.

— Helene, dit-il, j'ai besoin que vous trouviez si une certaine Merida Cartwright a fait une réservation sur un vol pour Londres, et à quel moment.

— J'ignore sur quel vol, mais je sais qu'elle part ce soir.

— Comment êtes-vous au courant ?

— C'est pour cela que je vous ai appelé tout à l'heure. Cette femme a cherché à vous contacter par deux fois. Bien sûr, j'ai refusé de vous la passer !

— Pourquoi, diable ?

Ce fut d'un ton acide qu'Helene objecta :

— Vous ne m'aviez pas dit que la règle du jeu avait changé, et que je devais maintenant vous mettre en relation avec toutes les femmes qui cherchent à vous joindre.

Ethan grimaça.

— Non, bien sûr, vous avez bien fait. Mais que vous a-t-elle dit ?

— Elle semblait passablement en colère. Elle a dit qu'elle repartait en Angleterre dès ce soir, et que…

Helene marqua une pause, et Ethan n'eut alors plus aucun doute sur les raisons de l'absence de Merida au théâtre. Au plus profond de lui-même, il savait ce qu'il en était. Lorsque Helene reprit, il ne fut nullement surpris par ses propos.

— Elle tenait à vous informer que, dorénavant, vous auriez à traiter avec son avocat.

Le silence qui suivit était tellement lourd qu'Ethan eut l'impression que même la circulation s'était interrompue, que les passants suspendaient leurs conversations.

— Transférez-moi immédiatement son numéro de téléphone, dit-il avec calme bien que son cœur batte à tout rompre.

Puis, après une profonde inspiration, il ajouta :

— Et tâchez de savoir quelle compagnie aérienne elle a choisie.

Évidemment, Merida ne répondit pas à son appel.

Revenant à la voiture, Ethan ordonna à son chauffeur de filer à l'aéroport JFK.

— Quel terminal, monsieur ?

Au comble de la frustration, Ethan rétorqua vertement :

— Aucune idée !

Puis il se reprit, Edmund n'était responsable en rien. C'était plutôt après lui-même qu'il était en colère. Aussi ajouta-t-il d'un ton plus calme :

— J'ai demandé à Helene de faire une recherche. Peut-être aurons-nous la chance qu'elle trouve la réponse avant notre arrivée sur place.

Dans le rétroviseur, il vit la grimace dubitative de son chauffeur. Sans la moindre indication sur la compagnie choisie par Merida, il serait fort difficile de trouver quel était son terminal de départ. Toutes choses dont Ethan n'avait pas l'habitude, car il ne voyageait jamais qu'avec son jet privé.

Pour essayer de respirer plus librement, il dénoua sa cravate et l'enleva d'un geste brusque. Ils étaient en vue de l'aéroport lorsqu'une image lui revint à l'esprit : celle de la valise que Merida avait tirée de dessous son lit. Machinalement, il avait lu l'étiquette accrochée à la poignée. Si la chance était avec lui, c'était auprès de la même compagnie qu'elle avait réservé son retour.

Il en informa aussitôt Edmund.

Pourvu que l'avion de Merida ne soit pas déjà au-dessus de l'Atlantique !

*
* *

La file de voyageurs s'étirait devant le comptoir d'embarquement. Heureusement, constata Merida, il n'y en avait plus pour longtemps avant qu'elle puisse effectuer les formalités d'enregistrement.

Prenait-elle la bonne décision en fuyant New York ? C'était un véritable supplice que de renoncer à ses rêves de succès.

Et puis, elle tournait définitivement le dos à l'infime possibilité qu'Ethan cherche à la revoir. Sauf qu'il avait eu plusieurs mois pour cela et n'avait pas pris la moindre initiative dans ce sens, se redit Merida.

Sentant monter une atroce migraine, elle résolut de se mettre en quête d'une pharmacie dès qu'elle aurait fait enregistrer sa valise. Mais quel médicament prendre, qui ne soit pas préjudiciable à la santé du bébé ?

Le bébé !

À chaque fois que ces deux mots lui venaient à l'esprit, Merida sursautait presque. Cela lui paraissait encore tellement irréel !

Tout aussi irréel que la voix résonnant dans son dos :

— Merida !

Elle fit volte-face.

Mon Dieu, qu'il est beau ! fut sa première pensée.

En smoking, sans cravate et le col ouvert, Ethan était affolant de séduction.

Ses pupilles noires se vrillèrent aux siennes, et il lui fit signe de le rejoindre d'un mouvement impatient.

— Mademoiselle, s'il vous plaît ?

C'était au tour de Merida d'avancer jusqu'au comptoir.

Ethan gardait les yeux obstinément plantés dans les prunelles vertes de Merida. Néanmoins, il lui avait suffi d'un regard sur sa silhouette pour avoir la certitude absolue qu'elle était enceinte.

Elle avait considérablement minci – beaucoup trop, à vrai dire –, mais sa poitrine s'était arrondie. La façon dont son abondante chevelure de feu était relevée en un chignon flou, au sommet de la tête, faisait ressortir son extrême pâleur sous l'éclairage au néon.

C'était dans la lumière chaude des projecteurs qu'elle aurait dû se tenir, en cet instant, songea Ethan. Vêtue du beau costume de scène dans lequel il l'avait vue sur le programme, et non de ce T-shirt informe.

— Suis-moi, lui lança-t-il.

Le ton d'Ethan était sans appel. Manifestement, se dit Merida, il comptait qu'elle l'accompagne sans protester jusqu'à la voiture qui devait attendre dehors.

— Je ne peux pas, protesta-t-elle. Je suis sur le point d'enregistrer ma valise.

— Plus maintenant !

— *Mademoiselle,* s'il vous plaît ?

Derrière Merida, les gens commençaient à s'impatienter.

— Il faut que j'avance, insista-t-elle.

— Tu ne crois pas que nous avons des choses à nous dire ?

La voix d'Ethan avait une intonation implacable, et Merida songea qu'on ne lui avait pas menti : il devait être terrible en affaires !

Le regard dont il balayait sa silhouette fit naître en elle un frisson bien différent de ce qu'elle avait connu en d'autres circonstances.

Ethan savait, sans conteste.

— Effectivement, rétorqua-t-elle. Mais je ne peux pas me permettre de perdre le bénéfice de mon billet.

S'approchant suffisamment pour lui parler à l'oreille – les voyageurs étaient au spectacle –, Ethan souffla :

— Merida, si tu ne me suis pas immédiatement, je jure que je te jette sur mon épaule pour t'emporter jusqu'à la voiture.

C'était une promesse qu'il n'hésiterait pas à tenir, Merida en était convaincue.

Se reculant, il ajouta d'un air irrité :

— Je te paierai un autre billet, s'il n'y a que cela qui t'inquiète !

En un éclair, Merida comprit qu'elle n'avait d'autre choix que d'obtempérer. D'un signe de tête, elle signifia qu'elle acceptait.

Ethan s'empara de sa valise, puis fendit la foule tandis qu'elle lui emboîtait le pas.

Merida s'engouffra dans la voiture avec un sentiment de soulagement qu'elle n'aurait avoué à Ethan pour rien au monde. Car prenait fin l'épouvantable solitude qui avait été la sienne au cours des semaines passées.

La circulation était dense, et le véhicule progressait lentement. Dépassant du vide-poches, le programme de *Night Forest* semblait narguer Merida.

— Tu étais à la représentation ? s'enquit-elle.

— Oui, répondit Ethan sèchement.

— Tu savais que j'y avais un rôle ?

Dans la lueur qui illumina le regard vert, Ethan lut un espoir qu'il préféra étouffer dans l'œuf. Manifestement Merida croyait que c'était pour la voir qu'il s'était rendu au théâtre. Ce n'était pas le cas, même s'il avait été fort déçu de son absence – chose qu'il n'aurait avouée pour un empire.

— Bien sûr que non, rétorqua-t-il. Et si je suis là, c'est juste parce que mon assistante m'a informé de tes appels.

La brusquerie qu'Ethan avait mise dans sa réponse fut ce qui retint Merida de fondre en larmes. Pour rien au monde elle n'aurait voulu se montrer émotive – une tendance à laquelle il lui était assez difficile de résister, depuis peu.

Elle s'absorba dans la contemplation de la ville comme la limousine se frayait lentement un chemin dans les embouteillages. Malgré elle, Merida ne parvenait pas à effacer de son esprit les images de ce qu'elle aurait dû vivre ce soir même.

La première de *Night Forest*, avec Ethan quelque part dans le public !

Peut-être serait-il venu la voir dans sa loge, après le spectacle…

En ayant l'impression que les regards braqués sur elle la jugeaient échappée d'un camp de demandeurs d'asile,

Merida suivit Ethan dans le hall du palace où il l'avait conduite au soir de leur rencontre. S'il affichait la même distinction qu'alors, il n'en était pas de même pour elle. La petite robe noire, le rang de perles et les talons aiguilles avaient laissé place à la tenue peu glamour adaptée à un vol long-courrier.

Écartant d'un geste le porteur qui se précipitait à leur rencontre, Ethan se chargea lui-même de la valise, et gagna l'ascenseur d'un pas décidé.

Tandis que la cabine les emportait vers les étages, les miroirs renvoyèrent à Ethan le reflet de Merida, tête baissée.

Enceinte.

Le mot ne cessait de tourner dans son esprit. Jusqu'à ce qu'il admette enfin la vérité.

Un bref coup d'œil à son propre reflet le plongea dans la perplexité. Comment était-il possible que son apparence soit identique à celle de l'homme insouciant qui s'était rendu au théâtre ? Ne venait-il pas d'être frappé par la foudre ?

Jamais, à ce jour, la perspective de devenir père ne l'avait seulement effleuré.

Des pensées confuses se bousculaient dans son esprit. Il songeait à la manière dont son père avait échoué à tisser des liens avec ses fils ; à sa propre réticence à entretenir une relation de proximité avec quiconque…

Vivre dans un désert émotionnel n'était certainement pas ce qui prédisposait à être un bon père, au sens où Ethan l'entendait.

Dans le long couloir qui menait à la suite, Merida se demanda si Ethan était vraiment aussi calme qu'il y paraissait. La réponse à son interrogation ne se fit pas attendre, car il ne put retenir une imprécation à mi-voix lorsqu'il batailla pour déverrouiller la porte.

C'était une impression vraiment étrange de se retrouver en ce lieu, songea-t-elle. La fois précédente, Ethan et elle avaient résisté à l'envie de se jeter dans les bras l'un de l'autre à peine le seuil franchi. Aujourd'hui, ils se tenaient à distance respectable tandis qu'Ethan se versait un verre.

D'un geste, il lui en proposa un.

— Je ne peux pas boire d'alcool, précisa-t-elle.

L'air pensif, Ethan ingurgita une gorgée de whisky. Merida aurait donné cher pour deviner ce qu'il avait en tête. Le bref agacement qu'il avait manifesté en ouvrant la porte n'avait pas laissé de trace. Il affichait la même sérénité que s'il revenait de sa sortie au théâtre, au lieu d'avoir foncé comme un fou à l'aéroport après avoir compris qu'il allait être père.

Elle reçut comme une gifle la question qu'il lui posa :

— Es-tu sûre qu'il est de moi ?

Pour un peu, c'était Merida qui l'aurait giflé.

— Tu es *vraiment* obligé de me demander ça ?

— Oui. Vraiment.

Ce genre de situation n'était pas étranger à Ethan. Pas directement, non. Mais son frère Abe y avait été confronté. Au bout du compte, il s'était avéré que l'enfant n'était pas de lui. Leur père, également, avait eu à affronter quelques épisodes de ce type. Heureusement, des tests ADN avaient éclairci les choses.

— Est-ce qu'il est de moi ? répéta-t-il.

— Oui ! Il n'y a eu personne dans ma vie, ni avant ni après toi. Je te rappelle que j'étais vierge.

— Tu m'avais affirmé prendre la pilule. Tu te *protégeais*, disais-tu.

— C'était la vérité ! Simplement j'avais l'habitude de la prendre avant de me coucher, et je n'en avais pas dans mon sac, ce soir-là. Ensuite, quand je suis passée me changer, j'ai tout bonnement oublié de la prendre. De retour chez moi, j'étais trop bouleversée par la façon dont tu m'avais quittée pour y penser.

— Ce que je ne comprends pas, c'est pourquoi tu ne m'as pas averti dès que tu as découvert ta grossesse.

— Cela ne fait pas longtemps que…

Merida s'arrêta. Elle n'allait pas travestir la vérité. À quoi bon ?

— Non, c'est faux, reprit-elle. J'ai juste refusé d'affronter la situation. J'ai préféré me consacrer aux répétitions de la pièce. Et puis, je n'ai jamais envisagé d'avorter. J'avais peur que tu ne m'y obliges.

Impassible, la mine glaciale, Ethan ne manifestait aucune réaction, aussi Merida reprit-elle :

— Il y avait suffisamment de gens pour me le conseiller.

Voyant qu'Ethan continuait à lui opposer un flegme granitique, Merida céda à l'agacement.

— Tu es obligé d'afficher cette attitude implacable ? ajouta-t-elle.

— Mais ce n'est pas une posture, Merida. C'est ce que je suis *vraiment*. C'est ma personnalité.

— Ne dis pas n'importe quoi ! Le soir où nous nous sommes rencontrés…

— Le soir où nous nous sommes rencontrés, je voulais juste coucher avec toi ! Je sais me montrer aimable quand les circonstances l'imposent.

Le petit rire acerbe que ne put retenir Merida trahissait son incrédulité.

— Tu prétends que tu as simplement fait semblant ? lança-t-elle. Je ne te crois pas. Le lendemain matin, tu jouais aussi la comédie, peut-être !

Évoquer ces quelques heures était impossible à Ethan. Il préféra ramener la discussion sur l'instant présent.

— L'accouchement est prévu pour quelle date ? interrogea-t-il d'un ton sec.

— Le 14 décembre.

Ethan se figea. Il serait père avant la fin de l'année…

Le sanglot qui s'échappa des lèvres de Merida l'arracha à ses sombres pensées.

— Oh ! Ethan, gémit-elle, je ne sais absolument pas quoi faire.

La panique perceptible dans sa voix faisait écho à celle qu'il sentait monter en lui. Pourtant, Ethan se contraignit à n'en rien laisser paraître.

— Eh bien, on fera ce qu'il faut, c'est tout ! dit-il.

— Tu n'as rien de mieux à dire ? s'insurgea Merida.

Haussant les épaules, Ethan se demanda ce qu'elle voulait de plus. Ne lui assurait-il pas qu'il assumerait ses responsabilités ? Comme il faisait toujours face. Avec ordre et méthode.

Prendre des décisions d'importance sous l'emprise des émotions était une erreur fatale. Or, en cet instant, Ethan sentait le sang battre à ses tempes au même rythme endiablé que son cœur. De plus, il ne pouvait s'empêcher de réexaminer les souvenirs de sa nuit avec Merida d'un œil bien moins indulgent qu'il ne l'avait fait jusque-là.

Certes, il ne pouvait remettre en cause le fait que la jeune femme lui avait sacrifié sa virginité. Mais qu'est-ce qui lui prouvait qu'elle n'avait pas sauté sur une occasion inespérée ? D'aussi loin qu'il se souvienne, Ethan avait été confronté à de telles expériences : des mères inscrivaient leurs filles dans les écoles qu'il fréquentait ; des étudiantes, à l'université, n'avaient d'autre projet d'avenir que de croiser la route de l'un des membres du clan Devereux…

Quoi qu'il en soit, ce n'était pas le moment de chercher à y voir plus clair. Mieux valait réfléchir loin de Merida.

— Je vais te laisser, annonça-t-il. Pour l'instant, tout ce dont tu as besoin, c'est de te reposer, et de manger un morceau.

Merida le fixa d'un air atterré.

— Tu vas me laisser seule, ici ? souffla-t-elle. Tu viens d'apprendre que je suis enceinte de toi, et tu t'en vas… ?

— Oui, cela vaut mieux. Je risquerais de dire des choses que je regretterais ensuite.

— C'est-à-dire ?

Ethan secoua la tête.

— Écoute, Merida, rétorqua-t-il, tu as eu plusieurs semaines pour te faire à cette naissance à venir. Je ne suis au courant que depuis une poignée d'heures. Il va me falloir un peu de temps pour assimiler tout cela.

Marquant une pause, Ethan décida qu'il tenait cependant à mettre quelque chose au clair sans tarder. Aussi, ajouta-t-il :

— Cela dit, sache que je n'aurais jamais exigé que tu

avortes. Quand bien même j'aurais préféré ne pas me trouver dans une telle situation.

Merida le fusilla du regard.

— Parce que tu imagines que c'est ce que je souhaitais, peut-être ? lança-t-elle sèchement.

C'était une discussion dans laquelle Ethan refusait de s'engager. Tout au moins pour le moment.

— Repose-toi, insista-t-il. Je reviendrai demain, après m'être entretenu avec quelques personnes.

— Mais c'est à *moi* que tu devrais parler !

— Je serai là demain matin. Nous déciderons alors de ce qu'il convient de faire.

Entendant la porte se refermer, Merida songea qu'Ethan présentait les choses comme s'il ne s'agissait que de quelque négociation à mener.

Ouvrant les rideaux sur une somptueuse soirée d'été, elle s'allongea sur le lit en contemplant le parc. Dire qu'elle y avait tourné quelques scènes en étant persuadée qu'elle ne reverrait jamais l'homme qu'elle aimait.

« On fera ce qu'il faut »...

Lorsque Ethan avait prononcé cette phrase, cela l'avait rendue furieuse. Curieusement, y repenser la rassurait.

Il saurait comment gérer la situation.

9.

Au lieu de rentrer chez lui, Ethan gagna la superbe maison en pierre de taille qu'habitait Abe, dans Greenwich Village.

— Désolé de te déranger, dit-il lorsque son frère se décida à lui ouvrir la porte. Je n'ai pas réveillé Candice, au moins ?

— Elle n'est pas là. Je l'ai déposée à son appartement après le théâtre.

— Est-ce que Jobe a supporté la soirée ? questionna Ethan tandis que son aîné le précédait jusqu'à son bureau.

Les deux frères avaient coutume d'appeler leur père par son prénom. Cela simplifiait les choses pendant les réunions d'affaires.

— Il a tenu le coup jusqu'à la fin, répondit Abe en leur servant un scotch à chacun. Mais il était épuisé. J'ai jeté un coup d'œil sur les comptes rendus de presse de la soirée. Son amaigrissement est largement commenté.

— Le contraire eût été étonnant ! Je ne comprends pas pourquoi il ne se décide pas à passer la main.

— D'après lui, c'est trop tôt. Bon, je suppose que tu n'es pas venu pour parler de ça.

— En effet.

Pendant quelques secondes, Ethan dévisagea son frère. Était-ce vraiment une bonne idée de lui demander conseil ?

Abe menait une existence assez dissolue – il était même surprenant que la malheureuse Candice montre autant de complaisance. Cependant, il n'en était pas moins extrêmement brillant. Et, ce soir, ce dont Ethan avait besoin, c'était des cellules grises de son frère.

— En fait, reprit-il, j'ai rencontré une femme, il y a quelque temps. Le soir où Jobe a été hospitalisé…

Il s'interrompit pour avaler une gorgée de scotch, avant de poursuivre.

— Elle est anglaise. Nous n'avons passé que cette nuit-là ensemble, et…

De nouveau, il marqua une pause.

— Et…, relança Abe.

— Je viens d'apprendre qu'elle est enceinte.

— Bien sûr, tu as refusé qu'elle te mette ça sur le dos, non ? Tu n'es quand même pas suffisamment idiot pour avoir eu un rapport non protégé, j'imagine !

Les yeux sur son verre, Ethan ne répondit rien. Il entendit distinctement le juron que lâchait Abe à mi-voix.

— Eh bien, il ne te reste plus qu'à exiger un test ADN, déclara celui-ci d'un ton acerbe.

— Ce n'est pas la peine. Je sais que l'enfant est de moi.

— Comment peux-tu en être sûr ?

— Je le sais, c'est tout.

— Cette fille, qu'est-ce qu'elle fait dans la vie ?

— Elle est comédienne.

— Alors, faire avaler des couleuvres à autrui est parfaitement dans ses cordes !

Si Ethan avait eu besoin de comprendre pourquoi il était venu prendre l'avis de son frère, la raison lui sautait tout à coup aux yeux : Abe formulait à voix haute tous les doutes qui se bousculaient dans son propre esprit. Malgré tout, il ne put s'empêcher de le contredire.

— Quand je l'ai rencontrée, elle travaillait dans une galerie d'art. Khaled m'avait envoyé vérifier que les pièces prêtées par sa famille y étaient correctement exposées. Merida m'en a fait faire la visite privée.

Abe laissa échapper un simulacre de rire.

— Très privée, manifestement ! lança-t-il. On peut dire qu'elle t'a vu venir. Avec le symbole du dollar au-dessus de ta tête. Pour une actrice à deux balles, c'était une occasion inespérée.

— Je ne peux pas te laisser dire ça ! Merida a beaucoup de talent. J'ai découvert hier soir qu'elle avait un rôle dans *Night Forest*, et…

Ne lui donnant pas le temps de poursuivre, Abe demanda :

— Elle le savait déjà, quand tu as couché avec elle ?

En matière de relations amoureuses, Ethan se savait excessivement cynique. Son frère allait au-delà : il affichait un parfait mépris pour la gent féminine.

— Qu'est-ce que tu comptes faire ? poursuivit Abe sans attendre sa réponse.

— Je ne sais pas encore. Merida était sur le point de prendre l'avion pour l'Angleterre quand j'ai compris de quoi il retournait.

Abe haussa les épaules.

— Excellent ! dit-il. Donne-lui l'argent nécessaire pour subvenir à son installation là-bas. Va la voir de temps en temps. Montre ouvertement que tu te comportes en parfait gentleman. Que tu es capable de faire face avec dignité…

Les derniers mots d'Abe frappèrent Ethan comme un direct à l'estomac.

Le regard perdu dans le liquide ambré qu'il faisait tourner dans son verre, il eut la vision de son frère et lui s'avançant sous les flashs, affichant l'expression de deux garçonnets à qui l'on avait intimé de « faire face avec dignité ».

Il se remémora la façon dont son père s'était enfermé dans son bureau à la seconde même où les photographes tournaient les talons. Les abandonnant derrière lui…

Ethan se creusa la tête pour essayer de retrouver le souvenir de moments heureux, quand sa mère était encore de ce monde. Mais rien ne vint, hormis l'image des portraits de groupe ornant les murs de la maison familiale. Ceux où lui, son frère et leurs parents posaient en arborant des sourires convenus.

Était-ce cela, sa famille ? Soudain, Ethan n'eut plus aucun doute sur la décision qu'il devait prendre.

— Je n'ai pas envie de laisser partir Merida et mon enfant de l'autre côté de l'Atlantique, maugréa-t-il.

À exprimer aussi clairement un sentiment qu'il s'était jusque-là refusé à formuler pour lui-même, Ethan faillit avoir un haut-le-cœur. Il prenait conscience d'avoir été à deux doigts de voir la situation lui échapper. Un peu plus tard, et l'avion aurait déjà décollé, emportant Merida et le bébé.

— Alors, répliqua Abe, cela va te coûter…

Ethan coupa la parole à son frère.

— Je me moque de la question financière. En fait, je vais épouser Merida.

La moue qu'affichait Abe agaça quelque peu Ethan. D'accord, il ne s'était pas attendu à ce que son aîné saute de joie, cependant il aurait aimé que celui-ci se montre un peu plus chaleureux. Sauf qu'Ethan avait oublié la propension que montrait Abe à tout traduire en dollars.

— Eh bien, dans ce cas, déclara ce dernier, tu as intérêt à prévoir un solide contrat de mariage. Cela dit, cette union pourrait faire passer la santé de Jobe au second plan, aux yeux de nos actionnaires. Qui plus est, un bébé attire toute l'attention. Assure-toi de mettre clairement les choses au point avant de revoir cette fille. Demande à Lewis de te rejoindre au bureau immédiatement.

Lewis était à la tête du cabinet juridique gérant les contrats de la société Devereux. Opinant d'un signe de tête, Ethan se leva et se dirigea vers la porte. Avant qu'il ne sorte, son frère lui lança depuis son fauteuil :

— C'est toi qui as les cartes en main, Ethan. Il faut que tu anticipes le jour où ce mariage fictif prendra fin.

10.

Ce fut au petit jour qu'Ethan regagna l'hôtel. Avant de glisser la carte dans la serrure de la suite, il prit soin de frapper.

Sur la table du salon, les reliefs d'un repas lui indiquèrent que Merida avait dîné avant de se coucher. Après avoir déposé son porte-documents dans un fauteuil, ce fut à pas de loup qu'il pénétra dans la chambre.

Dans l'immense lit, Merida reposait avec une respiration profonde et sereine, ses longs cheveux d'or fauve étalés sur les oreillers. Un instant, Ethan fut tenté d'accrocher, à la porte de la suite, l'écriteau « *Ne pas dérange*r », et de se glisser à ses côtés. Pas pour lui faire l'amour, mais pour oublier le reste du monde, et partager ce moment serein.

Car ce qui s'annonçait serait tout sauf paisible.

Il avait longuement travaillé avec Lewis. Le persuader de garantir à Merida des conditions suffisamment généreuses, au moment du divorce, n'avait pas été une mince affaire. En cela, Ethan reconnaissait qu'il était bien le digne héritier de son père – Jobe s'était parfois montré exagérément bienveillant à l'égard de ses ex-compagnes.

Se remémorant la manière dont le mariage de ses parents s'était terminé, il se redit que lui-même et Merida devraient être parés à toute éventualité lorsque viendrait le moment de leur séparation.

Car Ethan n'avait pas le moindre doute à ce sujet : les relations humaines n'étaient pas faites pour durer.

Et puis, il lui était plus aisé de se persuader que Merida

l'avait piégé que de croire à la magie de la nuit passée dans ses bras. C'était moins dangereux.

— Merida ? souffla-t-il.

Elle ne bougea même pas un cil.

— Merida..., répéta-t-il un peu plus fort.

Les paupières se soulevèrent lentement, dévoilant les prunelles émeraude. Une fraction de seconde, une expression d'incompréhension marqua le ravissant visage. Puis, après un froncement de sourcils, Merida le gratifia d'un large sourire.

— J'ai cru que tu étais un steward m'apportant le petit déjeuner, dit-elle sur le ton de la plaisanterie.

Ethan demeura de marbre.

— Bien dormi ? questionna-t-il.

— Beaucoup mieux que je ne l'imaginais. Et toi ?

— Je n'ai pas eu le temps de fermer l'œil.

Se redressant dans le lit, Merida remarqua qu'Ethan portait le même costume que la veille. De larges cernes violets soulignaient le beau regard de jais.

Prenant le combiné sur la table de nuit, il appela le service d'étage pour commander le petit déjeuner.

— Tu ferais mieux de t'habiller, avant que nous nous entretenions des dispositions à prendre, suggéra-t-il ensuite.

D'un bref hochement de tête, Merida acquiesça.

— Accorde-moi quelques minutes. On croirait que tu me convoques à une réunion d'affaires.

Avec un petit rire sans joie, Ethan quitta la chambre. Merida ne croyait pas si bien dire, songea-t-il.

Dans sa valise, Merida choisit une robe claire en regrettant que la manière dont sa poitrine s'était arrondie ne lui laisse pas beaucoup de choix. Puis elle gagna la salle de bains pour faire un brin de toilette et s'habiller.

Entendant que l'on apportait le petit déjeuner, elle noua à la hâte sa longue chevelure, avant de rejoindre le salon.

Ethan lui tint une chaise, et elle s'installa à la table en noyer pendant qu'il attrapait sa mallette.

Ainsi, songea Merida, leur entretien prenait toute l'apparence d'une réunion de travail. Mieux valait que ce soit elle qui en donne le coup d'envoi !

— Je n'ai aucune intention de te demander une aide financière…, commença-t-elle. Je travaillerai pour subvenir à mes besoins.

Le petit sourire sur les lèvres d'Ethan n'avait rien d'amical.

— Et que feras-tu du bébé ?

— Je ne serai pas la première femme qui trouve une solution à ce genre de problème.

— Peut-être. Mais tu seras la première épouse d'un Devereux à avoir une activité professionnelle. Parce que nous n'avons pas d'autre option que le mariage.

Les yeux écarquillés, Merida secoua la tête d'un air incrédule.

— Ethan…, souffla-t-elle. Nous sommes au XXIe siècle ! Rien ne nous oblige à cela.

— Je me moque de savoir dans quel siècle nous vivons, tempêta Ethan. Je veux que mon enfant naisse ici, et qu'il porte mon nom. D'accord, nous savons tous les deux que nous ne faisons pas un mariage d'amour. Ni l'un ni l'autre, nous ne pouvons entretenir de stupides illusions !

Les yeux embués de larmes, Merida était profondément heurtée par l'indifférence avec laquelle Ethan formulait ces affirmations – comme des faits tout simplement irréfutables.

— Il arrive que l'amour naisse quand on ne s'y attend pas, et se développe, dit-elle d'un ton plein d'espoir. Souviens-toi des amulettes…

Haussant les épaules, Ethan fit mine de répondre, mais Merida redoutait trop de l'entendre proférer quelque sarcasme blessant.

— Ce que je veux dire, ajouta-t-elle, c'est que les mariages arrangés sont souvent une réussite.

— Cela ne dispense pas d'un contrat garantissant les intérêts des deux partis, Merida. Je ne crois pas à l'amour. C'est une notion qui m'est totalement étrangère.

Ethan était impatient d'exposer les termes de la convention qui le lierait à Merida. À quoi bon bâtir des châteaux en

Espagne ? Pour rien au monde, il n'endosserait la responsabilité du bonheur d'autrui.

Depuis l'âge de dix ans, il avait grandi en se protégeant de toute affectivité. En cet instant précis, c'était même un rempart d'acier qui entourait son cœur. Car il tenait à garder la tête froide dans la négociation qu'il allait mener.

— Est-ce que tu entends faire vivre notre enfant dans un monde dépourvu d'amour ? interrogea Merida.

Serrant les dents, Ethan la contempla d'un air sombre.

— Je n'en sais rien, dit-il. Je verrai quand il ou elle sera là. Qu'est-ce que tu imagines, Merida ? Nous avons passé une seule nuit ensemble. C'était censé n'être qu'un… coup d'un soir. Ce n'est pas le meilleur départ pour une relation durable, que je sache.

Prenant une profonde inspiration, Ethan s'efforça de repousser les souvenirs qui l'assaillaient. Cette nuit-là restait gravée dans son esprit. Mais la relation sexuelle n'était-elle pas ce qui posait le moins de difficultés entre un homme et une femme ?

— Tu parlais de conclure un arrangement, rappela Merida. Ce… *contrat* stipule-t-il que nous devrons coucher ensemble ?

Haussant les yeux au ciel, Ethan ne put s'empêcher de laisser paraître l'irritation que lui causait une telle question.

— Un mariage se doit d'être consommé, maugréa-t-il. *Évidemment*, nous coucherons ensemble !

— Quand bien même il n'y a aucun amour entre nous ?

— Cela n'a pas semblé te choquer, il y a quelques mois.

Bras croisés sur la poitrine, Merida lutta pour ne pas laisser libre cours à la colère qu'elle sentait monter. Elle faillit objecter qu'à ses yeux leur relation n'avait en rien ressemblé à un « coup d'un soir » – comme il le formulait si élégamment ! Mais c'était probablement ainsi qu'Ethan avait vécu l'expérience.

— Voici le contrat, reprit-il en lui tendant une liasse de documents. Nous en avons pesé tous les termes.

— *Nous ?*

Sans paraître se rendre compte qu'il lui brisait le cœur, se désola Merida *in petto*, Ethan agissait en impitoyable homme d'affaires.

— Oui, répondit-il, j'ai élaboré cet acte avec le responsable de notre service juridique.

D'un bond, Merida se leva.

— Tu veux dire que tu as évoqué notre situation avec un inconnu ? Hier soir, je t'ai dit que c'était ensemble que nous devions envisager l'avenir. Nous aurions au moins pu apprendre à nous connaître… en passant un peu de temps ensemble…

Merida se rassit, prenant sa tête dans ses mains.

— Par conséquent, tu prévois de te réinstaller à New York, c'est cela ? interrogea Ethan. Et où vivras-tu ?

Poussant un grand soupir, Merida déglutit avec peine.

— Eh bien, répondit-elle d'une voix hésitante, pourquoi pas ici, dans cette suite… ?

— Donc, je suis censé te loger à mes frais dans un cinq-étoiles. Serai-je également tenu de te verser une pension ?

— Non ! Je peux reprendre mon emploi à la galerie, si…

Avec une grimace, Merida songea qu'il y avait peu de chances que Reece accepte de la réembaucher.

— Ou bien je trouverai un job de serveuse, reprit-elle.

— Qu'en sera-t-il de tes dépenses médicales ? Ton assurance les couvrira-t-elle ?

C'était une question que Merida avait éclaircie dès le début de sa grossesse.

— Non, bien sûr ! rétorqua-t-elle. Il faudra que tu prennes en charge les frais médicaux pour l'enfant. Et… les miens, aussi…

Ethan laissa échapper un rire sarcastique.

— Ces élucubrations n'ont aucun sens ! lança-t-il. Il est indispensable que tous les problèmes soient réglés d'une manière qui donne les meilleures garanties à chacun de nous. Pour l'instant, c'est toi qui as toutes les cartes en main.

— Moi ? s'étonna Merida.

— Parfaitement ! Si tu n'es pas satisfaite de la façon

dont je te traite, rien ne t'empêchera de prendre le premier avion pour je ne sais trop où. Un mariage est la meilleure solution pour chacun de nous, crois-moi.

Feuilletant les documents qu'il posait devant Merida, Ethan eut une hésitation avant de reprendre :

— Et puis, mon père n'en a plus pour très longtemps à vivre – un cancer en phase terminale. Bien sûr, cela doit rester secret.

— Je suis désolée. Tu peux compter sur ma discrétion. Depuis combien de temps le sais-tu ?

Ethan haussa les épaules.

— Peu importe ! marmonna-t-il. Ce que je veux dire, c'est qu'une naissance à venir serait…

Claquant des doigts d'un air irrité, Ethan chercha ses mots.

— Que cela donnerait à ton père une raison d'espérer ? suggéra Merida. Quelque chose qui l'aiderait à tenir ?

D'un revers de main, Ethan balaya sa proposition.

— Non, c'est surtout aux actionnaires, que je pensais, corrigea-t-il. Cela les rassurerait. Un enfant à naître est un symbole de stabilité.

À cet instant précis, Merida prit conscience de toute la distance qui la séparait d'Ethan. Ne l'avait-on pas prévenue contre la froideur calculatrice des Devereux ?

— Mais quel homme es-tu donc, Ethan ? murmura-t-elle. Qu'est-il advenu de celui que j'avais rencontré ?

— Celui que tu as rencontré, Merida, s'était mis en congé de lui-même, pour quelques heures. L'homme que je suis vraiment est celui que tu as devant toi. Tu aurais peut-être dû prendre de plus amples renseignements avant de…

Ethan s'interrompit.

— Continue, je t'en prie, le pressa Merida.

— Inutile !

— Si, j'insiste.

— Eh bien, quand je t'ai rencontrée, tu ne m'as pas caché que ta situation financière était presque désespérée. Je ne prétends pas que tu aies fait ce qu'il fallait pour te retrouver enceinte. Mais il semble que tu ne te sois pas précipitée pour prendre ton contraceptif, comme tu l'aurais dû.

Lorsqu'il vit Merida blêmir, Ethan sentit la culpabilité lui serrer le cœur. Après tout, se remémora-t-il, lorsqu'il avait appris la maladie de son père, ce jour-là, lui-même n'en avait-il pas oublié de se nourrir ? On pouvait donc comprendre que Merida, choquée par la manière dont il l'avait plantée là, ait omis d'avaler cette fichue pilule.

Néanmoins, il n'était pas disposé à faire amende honorable. Trop de choses se décidaient en cet instant pour qu'il se laisse attendrir.

— Je ne te pardonnerai jamais ce que tu viens de dire, Ethan, souffla Merida.

— Je n'ai que faire de ton pardon. Et encore moins d'une relation basée sur le simulacre !

Avec le plus grand calme, Ethan exposa à Merida les diverses dispositions du contrat. Leur divorce interviendrait au terme d'une année ; le montant de la pension qu'il lui attribuerait était déjà fixé ; de même que le lieu de l'appartement qu'il mettrait à son nom…

— Je ne tiens pas à ce que les premiers mois de notre enfant soient perturbés par des chicaneries juridiques, affirma-t-il tandis qu'elle demeurait hébétée.

Respirant avec peine, Merida se remémora les interminables disputes de ses parents pour obtenir sa garde. Certes, elle aussi était prête à tout pour éviter à son bébé de connaître la même épreuve. Mais devait-elle pour autant accepter ces conditions ?

— Est-ce que tu as des questions ? ajouta Ethan lorsqu'elle eut fini de parcourir les pages où elle n'était présente qu'en tant que « la susmentionnée ».

— Aucune, souffla-t-elle.

— Alors, tu n'auras qu'à me donner les coordonnées de tes parents. Helene leur enverra les billets d'avion pour qu'ils assistent à la cérémonie.

Ethan se leva, et Merida ne put retenir la larme qui commençait à rouler sur sa joue. Tout son talent de comédienne ne lui fut d'aucun secours pour empêcher que cela ne se transforme en torrent.

— Épargne-moi tes pleurs de crocodile ! lui intima Ethan d'une voix glaciale. Et n'aie pas de regrets d'abandonner ta carrière d'actrice. Tu viens de décrocher le rôle de ta vie : celui d'épouse aimante du cadet des Devereux !

Puis il tourna les talons.

11.

Une future mariée était forcément nerveuse au matin du jour J, mais Merida avait véritablement l'impression d'être sur le point de défaillir.

L'organisation de la noce avait été réglée en un éclair. En moins de temps qu'il n'en faut pour le dire, Ethan s'était procuré les certificats de mariage. Deux jours plus tard, elle était entre les mains d'un styliste et d'une armée d'habilleuses occupés à la pomponner – pour ce qui était censé être « le rôle de sa vie »…

Plusieurs portants de robes de mariée avaient été livrés depuis les maisons de couture les plus renommées. Merida les passait en revue lorsque Howard, le styliste, lui tendit avec autorité une ravissante robe d'un coloris or pâle. Sans lui laisser la possibilité de faire son choix.

Puis, bien qu'elle ait exprimé le souhait de garder les cheveux lâchés, ses boucles cuivrées furent lissées et retenues en une élégante tresse.

— C'est sublime ! roucoulèrent Howard et son équipe tandis que Merida essayait de s'habituer à cette nouvelle image d'elle-même.

Toute la troupe venait de quitter les lieux lorsqu'on frappa. C'était Ethan, dans un costume anthracite à la coupe impeccable que complétait une cravate gris argent.

Il était à couper le souffle !

— Tu es parfaite ! déclara-t-il.

— Merci. Mais ne dit-on pas que cela porte malheur de voir la mariée avant le dernier moment ?

— Je ne suis pas superstitieux.

Extirpant une bague de la poche de sa veste, il la lui tendit et ajouta :

— On vient juste de me l'apporter. Tiens !

Pas d'écrin. Pas de discours.

Rien qui ne puisse donner à cet instant ne serait-ce qu'un semblant de solennité.

Merida passa elle-même à son annulaire un magnifique diamant dont la taille était un véritable chef-d'œuvre. Elle se hâta de ravaler ses larmes, ne voulant pas qu'Ethan l'accuse une nouvelle fois de jouer la comédie.

— Si l'on te demande à quel moment j'ai offert de t'épouser…

— Ethan, l'interrompit-elle, nous avons maintes fois accordé nos violons ! Nous nous sommes rencontrés à la galerie où je travaillais. Tu t'es déclaré peu de temps après.

Ils n'avaient pris que peu de liberté avec la vérité, se contentant de modifier les dates.

Dans tout cela, se redit amèrement Merida, il n'y avait pas une once de romantisme.

Au moment où ils émergèrent dans le hall de l'hôtel, elle fut à deux doigts de faire demi-tour pour regagner la suite à toutes jambes. Comme s'il avait senti son hésitation, Ethan lui prit la main.

— Allons, dit-il, ce n'est plus le moment de reculer.

Au son de sa voix, l'on aurait pu croire qu'il était en route pour son propre enterrement.

La cérémonie était prévue à l'hôtel de ville, où un juge effectuait les mariages à la chaîne. Ethan avait bien prévenu Merida que c'était selon la règle du premier arrivé, premier servi. À l'entrée, on leur remit un numéro fixant leur ordre de passage, en leur précisant qu'il y avait deux bonnes heures d'attente.

— Eh bien, cela laisse le temps nécessaire, déclara Ethan.

— Nécessaire à quoi ? interrogea Merida.

— Tu verras.

Ethan n'avait aucun doute sur le fait que la nouvelle de

leur mariage ne tarderait pas à circuler dans les rédactions. Leur sortie se ferait sous les flashs des paparazzis.

Dans la salle d'attente, en tout point semblable à celle d'un cabinet médical, Merida s'absorba dans la contemplation des autres couples. Elle repoussa la tristesse que lui causait l'absence de ses parents. Ce n'était pas le moment de s'apitoyer sur son sort !

À ses côtés, Ethan se contentait de manifester occasionnellement son impatience en tapotant le sol d'un pied élégamment chaussé.

— J'ai fait appel à un photographe professionnel, lui dit-il au bout d'un moment. Il ne devrait pas tarder. C'est lui qui va nous servir de témoin.

Un couple émergea du bureau du juge. La jeune femme était à un stade avancé de grossesse. En les voyant s'embrasser tendrement, Merida soupira.

— Nerveuse ? l'interrogea Ethan.

— Un peu, répondit-elle. Pas toi ?

— Pas du tout.

Pour Ethan, cette décision avait été si minutieusement soupesée qu'il était plus que certain d'avoir choisi la meilleure des options.

— C'est à nous, annonça-t-il enfin.

Merida n'espérait pas grand-chose d'une cérémonie ficelée à la va-vite ; elle fut cependant agréablement surprise par l'accueil chaleureux qui leur fut fait.

Manifestement le juge savait à qui il avait affaire, et il se réjouissait d'être de la fête.

— Monsieur Devereux, s'exclama-t-il, quel plaisir de vous recevoir en cette occasion ! Et, mademoiselle Cartwright, je suis enchanté d'être le dernier à vous appeler par ce nom.

Malgré elle, Merida éclata de rire.

Elle faisait une jeune mariée tout à fait ravissante, se dit Ethan en notant qu'elle arborait le même rouge à lèvres corail que lors de leur rencontre. Une boucle de feu, échappée de sa longue tresse, retombait sur sa joue, et il la repoussa d'un doigt.

— Donne-moi ta main, lui souffla-t-il.

Avec l'impression que tout un vol de mouettes avait élu domicile dans sa poitrine, Merida fit appel à ses talents d'actrice pour paraître détendue. Car l'échange des alliances avait une dimension totalement surréaliste.

— Vous pouvez embrasser la mariée, annonça le juge.

Lorsque les lèvres fermes d'Ethan se posèrent sur les siennes, elle ne put retenir un soupir de soulagement. Cela faisait tellement longtemps qu'ils ne s'étaient pas embrassés !

Ce fut un long baiser langoureux – plus sensuel que tendre. Il était heureux, songea Merida, qu'Ethan enserre ses bras nus d'une poigne énergique, sinon elle aurait cédé à l'envie de se cramponner à son cou. Au lieu de quoi, elle se contraignit à garder la maîtrise d'elle-même, à agir comme si elle se trouvait sur une scène de théâtre.

Tournant autour d'eux, le photographe prenait cliché sur cliché, en mode rafale. Tout à coup, ce cliquetis obsédant arracha Merida à la magie de l'instant. Elle se projeta dans ce qui ne manquerait pas d'advenir : la nuit de noces…

À la lueur qui brillait dans les prunelles de jais, et au sourire d'Ethan lorsqu'il se recula, elle comprit qu'elle n'était pas la seule à y penser.

Le baiser qu'il venait de lui donner n'avait rien de commun avec la froideur qu'il avait affichée depuis le moment où il était venu la chercher dans sa suite.

Ce baiser ébranlait toutes ses certitudes.

N'avaient-ils pas signé un simple contrat juridique, pour le bien de leur enfant à naître ?

Mais il n'était plus temps de spéculer. Désormais, elle était Mme Ethan Devereux.

Les deux heures précédant la brève cérémonie avaient suffi à ce que la nouvelle de leur mariage se répande, et la presse était massée à l'extérieur de l'hôtel de ville lorsqu'ils parurent sur le perron mythique – Ethan la tenant étroitement enlacée par la taille.

Les paparazzis les firent poser sur les marches, tournés

l'un vers l'autre, les yeux dans les yeux. La main d'Ethan, dans son dos, marquait Merida au fer rouge.

— Bonjour, madame mon épouse, lui dit-il, ce qui la fit sourire.

— Bonjour, monsieur mon époux, répliqua-t-elle.

Si Merida était toute tremblante, ce n'était pas parce que ses nerfs lâchaient – n'avait-elle pas l'habitude d'être sous les feux des projecteurs ? Non, c'était le contact de cette paume brûlante qui la faisait frissonner. Ainsi que la certitude d'être liée à Ethan par un accord dont il lui était difficile d'admettre qu'il ne soit rien d'autre qu'un habile mensonge.

Lorsque Ethan s'empara de ses lèvres à nouveau, Merida oublia tout ce qu'avaient d'implacable les termes de leur arrangement.

Désormais, elle savait pourquoi elle avait accepté de l'épouser. Ce n'était pas pour garantir l'avenir du bébé. Mais bien plutôt avec, au cœur, un espoir fou : celui de voir renaître de ses cendres l'enchantement de leur brève rencontre, cette nuit de printemps.

Pour aussi insensé que cette idée paraisse !

— Où allons-nous, maintenant ? demanda-t-elle tandis qu'ils regagnaient la limousine.

— Ma famille et quelques amis nous attendent pour dîner, de l'autre côté du pont de Brooklyn.

Voyant la mine chagrine de Merida comme ils s'installaient dans la voiture, Ethan se hâta d'ajouter :

— J'ai vraiment tout tenté pour faire venir les tiens, tu sais. Je suis désolé, Merida, crois-moi.

Elle haussa les épaules, et le gratifia d'un petit sourire crispé.

— Ce n'est pas grave, dit-elle. Après tout, c'est mieux comme ça. Je ne suis pas certaine que les rassembler tous, dans une même pièce, aurait été une bonne idée.

S'adossant à la confortable banquette, Merida se laissa gagner par la mélancolie. L'homme qu'elle épousait n'éprouvait rien pour elle ; quant à ses parents, ils n'avaient même pas pris la peine d'assister à la noce…

— Pourquoi ne les appelles-tu pas ? suggéra Ethan.

Merida secoua la tête.

— À ma voix, ils comprendraient que leur absence me blesse, et je n'ai pas envie qu'ils le sachent. J'ai toujours mis le plus grand soin à ne pas leur montrer à quel point leurs comportements pouvaient m'affecter.

Cédant à l'émotion de la journée, Merida étouffa un sanglot. Soudain, elle éprouvait le besoin incoercible de se confier. Ce fut en retenant ses larmes qu'elle raconta à Ethan la petite stratégie qu'elle avait mise au point, dans son enfance, pour échapper aux diverses épreuves du quotidien. Cette « technique », expérimentée très tôt, pour jouer la comédie de l'indifférence face aux vexations et chagrins…

— De toute façon, quelle importance ? conclut-elle. Ce n'est pas comme si ce mariage était…

Elle ne sut si c'était pour l'empêcher d'énoncer la véritable nature de leur union devant le photographe qui les accompagnait qu'Ethan lui coupa la parole en apostrophant ce dernier :

— Eduard, pourquoi ne prendriez-vous pas quelques photos ici ?

Se livrer à ce genre de choses en plein milieu du pont de Brooklyn était certainement illégal, mais Eduard opina du chef, et le chauffeur se gara du mieux qu'il le put.

— J'ai failli faire une gaffe, excuse-moi, murmura Merida à l'oreille d'Ethan lorsqu'il la prit dans ses bras contre le parapet.

— Ne t'excuse pas, répliqua-t-il. À chaque fois que tu risqueras de mettre les pieds dans le plat, je te ferai taire en t'embrassant.

Un autre baiser, un autre instant de complicité à effacer de son esprit lorsqu'ils se sépareraient, songea Merida. Il ne lui serait pas facile de recoller les morceaux de son cœur en miettes…

Pour l'instant, se dit-elle en remontant dans la voiture,

il lui fallait aller jusqu'au bout de cette journée, et de la nuit qui suivrait. Elle ferait face !

— Nous y voici, déclara Ethan après quelques minutes, comme le chauffeur immobilisait la limousine le long de l'East River, près d'un élégant bateau à aubes.

Ils furent accueillis avec force sourires, et guidés jusqu'à la salle de restaurant. La vue était époustouflante. Manhattan scintillait de tous ses feux devant les yeux éblouis de Merida.

On les dirigea vers une table, près de la fenêtre, isolée du reste de la salle par un cordage, et décorée de chandeliers étincelants et de gardénias. Les convives étaient debout, levant leurs verres dans leur direction.

— Merida, dit Ethan en lui plaquant une main dans le dos, voici mon père, Jobe…

— Enchanté, Meredith !

— Merida, corrigea Ethan en roulant des yeux.

Merida se contenta de sourire. Ce n'était pas la première fois qu'on écorchait son prénom.

— Pardonnez-moi, Merida, reprit Jobe. Vous êtes une jeune femme courageuse d'oser nous affronter en groupe !

— Je te présente mon frère, Abe…, reprit Ethan sans lui laisser le temps de réagir à cette boutade.

La présentation était tout à fait inutile, songea Merida, tant la ressemblance était frappante. Les deux frères étaient aussi séduisants l'un que l'autre. Aussi superbement ténébreux.

Déposant un furtif baiser sur sa joue, Abe se tourna vers la ravissante blonde, à ses côtés.

— Merida, voici ma compagne, Candice, annonça-t-il.

La jeune femme, à la fine silhouette de tanagra, aux oreilles et au cou parés de diamants, s'avança avec aux lèvres un sourire dont Merida ne fut pas dupe. Son regard, bleu porcelaine, affichait une froideur de glace.

— Ravie de vous rencontrer, Merida, dit-elle en lui effleurant la joue. Nous savons si peu de chose sur vous…

La perfidie de cette pique n'échappa nullement à Merida. Néanmoins elle n'eut guère le temps de s'interroger sur les raisons de tant d'amertume. Car déjà Ethan lui présentait quelqu'un d'autre.

— Voici mon ami Khaled, dit-il, sultan de l'émirat d'El-Zahan.

L'homme qui s'inclina portait un costume à la coupe tout occidentale, mais il émanait clairement de lui l'aura d'un prince oriental. Quant à son nom, il n'était pas inconnu à Merida.

En dépit de la finesse des mets, et des conversations brillantes, elle ne tarda pas à laisser dériver son esprit. Pour autant qu'elle fasse des efforts pour s'intégrer, Merida se sentait marginale dans le petit groupe animé. La bague et l'alliance qu'elle portait lui semblaient tellement insolites qu'elle en était presque gênée. Et le regard insistant de Candice sur son annulaire la mettait mal à l'aise.

Soudain, elle s'arracha à ses pensées en entendant que la discussion tournait autour de la soirée de première de *Night Forest*.

— C'était vraiment sensationnel ! s'exclama Jobe. Dommage que tu ne sois pas resté, Ethan.

Se tournant vers elle, le chef du clan ajouta :

— Si j'ai bien compris, Merida, vous-même avez fait un peu de théâtre, non ?

Opinant du chef, Merida regretta presque que la tentative de Jobe pour l'inclure dans le débat ait l'effet inverse de celui qu'il escomptait. Au lieu de lui faciliter les choses, il n'avait fait qu'attirer son attention sur le fait que tous ces gens ne connaissaient rien d'elle.

Au fond, s'interrogea-t-elle, quelle importance ? Dans trois cent soixante-quatre jours, à compter de celui-ci, elle ne ferait plus partie de cette famille.

N'en pouvant plus de garder un sourire figé, Merida décida qu'elle avait bien mérité une petite récréation.

— Excusez-moi, un instant..., souffla-t-elle en se levant.

Après s'être rafraîchie aux toilettes, elle ne revint pas s'asseoir, mais se dirigea vers le pont pour admirer la statue de la Liberté illuminée. Le vent fit voler des mèches folles autour de son visage, et monter des larmes à ses yeux.

Tout à coup, ce furent d'autres larmes qui lui vinrent. Pour la première fois depuis le début de la grossesse, Merida venait de sentir bouger son bébé. Ce n'était pas encore la sensation d'un coup de pied ; plutôt celle d'un frôlement d'aile.

Se tapotant les joues du bout des doigts, elle regretta qu'une robe de mariée ne comporte pas de poches où glisser un mouchoir.

— Vous aviez besoin d'un peu d'air ?

La voix de Jobe la fit sursauter. Elle fit volte-face, se forçant à sourire.

— Un peu, oui, fit-elle.

— Je viens de demander à Ethan où donc était passée sa charmante épouse. « Serait-ce déjà la fin de cette union ? », lui ai-je dit.

Ainsi, comprit Merida, Jobe lui faisait discrètement savoir qu'il n'ignorait rien de l'*arrangement* entre Ethan et elle. Bien évidemment, il avait dû se voir soumettre les termes du contrat avant qu'elle ne le signe.

Venant se placer à ses côtés, les mains sur le bastingage, Jobe observa :

— Je me suis souvent promené ici, sur les quais, avec mes fils, lorsqu'ils étaient petits.

Souriant avec application, Merida s'enquit :

— Une sortie familiale ?

— Oh ! Elizabeth ne nous accompagnait pas. Le quartier n'était pas suffisamment reluisant, à l'époque. Non, je venais seul avec les garçons. Enfin..., quand j'en avais le temps. Je travaillais beaucoup. Trop, peut-être...

Intriguée par cette ébauche de confidence, Merida observa plus attentivement le père d'Ethan. La soixantaine élégante, il gardait un pouvoir de séduction que n'entamaient en rien les quelques mèches d'argent striant sa chevelure aile de corbeau. Le plus surprenant, songea-t-elle, c'était l'affabilité qu'il lui manifestait. Non seulement avait-il pris la peine de s'assurer qu'elle allait bien, mais il lui tendait un mouchoir sorti de sa poche.

— Un mariage est toujours un moment d'émotion, dit-il.

— Oui, renifla Merida.

— J'imagine que vos parents ont dû regretter de ne pouvoir être à vos côtés.

Cette fois, Merida ne put endiguer son émotion, et Jobe se désola :

— Seigneur, voilà que je vous fais pleurer !

— C'est ma faute, hoqueta Merida. Je suis une vraie fontaine, en ce moment.

— Rien de plus normal dans votre état ! À ce qu'on m'a dit, il va falloir que je tienne bon encore quelques mois, pour savoir si vous me donnez un petit-fils ou une petite-fille.

Merida s'autorisa un petit rire. Jobe abordait le douloureux sujet de sa santé avec une légèreté qui le lui permettait.

— Exactement ! répliqua-t-elle.

— Vous ne voulez pas savoir à l'avance ? interrogea-t-il.

— Je ne préfère pas.

Un bref instant, Merida se demanda si elle avait raison de maintenir le mystère. Ne devait-elle pas à Jobe de lui faire savoir le sexe de l'enfant, avant qu'il ne soit trop tard ?

Cette interrogation lui fit prendre une décision à laquelle elle n'avait pas réfléchi. Certes, songea-t-elle, le premier informé du fait qu'elle avait senti le bébé bouger aurait dû être Ethan. Pourtant, elle se tourna vers celui qui était maintenant son beau-père.

— Je viens de sentir le bébé pour la première fois, dit-elle.

— Vraiment ?

Elle opina du chef.

— Alors, enchaîna Jobe, c'est que cet enfant approuve votre union. Et je suis d'accord avec lui !

La gratifiant d'un clin d'œil complice, il lui prit le bras.

— Venez, ajouta-t-il, rentrons. Je ne sais pas vous, mais, moi, j'aurais bien besoin de m'asseoir.

Un peu abasourdie, Merida le suivit à l'intérieur. S'il y

avait une chose qu'elle n'avait pas imaginée, c'était l'éventualité de trouver un ami dans le clan Devereux !

Un ami tout à fait inattendu.

— De quoi parlais-tu avec mon père ? lui demanda Ethan lorsqu'elle reprit place à table.

— Il m'a raconté qu'il vous amenait parfois vous promener sur les quais, ton frère et toi. Et moi…, je lui ai dit que je venais de sentir le bébé bouger pour la première fois.

— C'est vrai ?

Un sourire flotta sur les lèvres d'Ethan, ce qui était passablement rare, se dit Merida en confirmant de la tête.

— Jobe m'a demandé si nous voulions savoir le sexe du bébé, reprit-elle.

— Qu'en penses-tu ?

— Je ne sais pas si…

La surprise de Merida fut totale lorsque Ethan la fit taire en posant ses lèvres sur les siennes. Elle oublia tout ce qui les entourait, s'abandonnant à la douceur de ce tendre baiser.

À la table, les applaudissements crépitèrent, et elle s'écarta en clignant des paupières. La rougeur qui avait envahi son visage lui était aussi perceptible que le goût des lèvres d'Ethan sur les siennes.

Capter le regard de Jobe, le voir sourire, la fit rougir encore davantage. Malgré elle, un espoir insensé l'envahit : celui qu'il y ait un avenir possible pour le couple qu'elle formait avec Ethan…

Elle était presque à bout d'émotion et de fatigue lorsqu'il la prit par la taille.

— Il est peut-être temps que nous rentrions, dit-il.

Évidemment, la nouvelle de leur présence sur le bateau avait rassemblé une petite foule de paparazzis au pied de la passerelle. Heureusement la limousine les y attendait aussi, et ils s'y engouffrèrent.

Merida s'effondra sur les coussins moelleux, avec le sentiment d'être emportée dans un tourbillon – projetée dans un univers qui n'était pas le sien, mais auquel elle ne demandait pas mieux que d'appartenir désormais.

Reprenant le pont de Brooklyn en sens inverse, la voiture glissa sous les arches et les réverbères. Regardant les ombres défiler sur le visage de Merida, Ethan comprit qu'il éprouvait pour elle des sentiments plus profonds qu'il ne l'aurait cru.

Pourtant, se morigéna-t-il *in petto*, il ne savait rien d'elle. Ou si peu…

Tout ce dont il avait la certitude, c'était qu'un jour elle le quitterait.

Un jour, Merida partirait. C'était aussi simple que ça.

Néanmoins, il avait pris toutes ses dispositions en vue de cette fatalité inéluctable. Sur le contrat signé par Merida, le moindre détail était anticipé, à la virgule près.

Ethan s'était assuré de bien mettre les points sur les *i*.

L'arrivée au domicile d'Ethan mit les larmes aux yeux de Merida. Non qu'elle fût impressionnée par le splendide bâtiment où il résidait, mais les arbres sur l'avenue étaient ornés de guirlandes lumineuses et la porte d'entrée entourée de gardénias. Elle n'aurait pu imaginer rien de plus délicieusement romantique !

— Oh ! Ethan…, souffla-t-elle.

Qu'il se soit donné la peine de faire réaliser pareille décoration la bouleversait.

— C'est merveilleux…, ajouta-t-elle en levant la tête, une fois sortie de la voiture. Vraiment, tu…

La soulevant de terre, Ethan ne la laissa pas finir.

— C'est toi qui es merveilleuse, dit-il.

Riant, agitant les jambes, Merida s'exclama :

— Pose-moi par terre, voyons !

Si, dans ses rêves les plus fous, elle s'était imaginé franchir le seuil de son logis d'épouse de cette manière, jamais elle n'aurait cru cela possible avec Ethan.

Pour un mariage ficelé à la hâte, cette journée respectait toutes les traditions d'une noce en bonne et due forme !

Tandis que le concierge leur tenait la porte grande

ouverte, Ethan l'emporta dans le hall en l'embrassant avec une fougue telle que Merida se cramponna à son cou.

Seigneur, se demanda-t-elle, jusqu'à quand continuerait-il à la mettre dans cet état d'excitation ?

Elle avait attendu avec impatience le moment où ils se retrouveraient seuls pour mettre au point les milliers de détails de leur vie quotidienne à venir, et voilà qu'elle se perdait totalement dans ce baiser.

Sans quitter ses lèvres une seconde, Ethan l'embrassa, jusqu'à la cabine d'ascenseur.

— Parfait…, dit-il en la reposant brusquement au sol lorsque les portes se refermèrent.

Un peu étourdie, Merida regarda autour d'elle. La tête lui tournait. Pourquoi, diable, Ethan redevenait-il aussi froid ?

— Bon, tu peux cesser de jouer la comédie, maintenant, enchaîna-t-il d'une voix glaciale. Nous sommes seuls.

12.

Les paroles d'Ethan tournaient en boucle dans l'esprit de Merida : « Tu peux cesser de jouer la comédie, maintenant. »

Dire qu'elle avait failli oublier que leur mariage n'était qu'une union de convenances ! Si Ethan n'avait cessé de l'embrasser jusqu'à l'ascenseur, c'était probablement pour le bénéfice des caméras de surveillance.

Une idée qui ne l'avait même pas effleurée !

Ethan ne semblait pas avoir conscience du choc qu'avait causé en elle la brutalité de sa réflexion. Malgré tout, c'était en fronçant les sourcils d'un air soucieux qu'il la dévisageait.

— Il est temps d'aller au lit, dit-il. Tu parais épuisée.

L'appartement semblait gigantesque, mais Merida était trop lasse pour s'attarder à en admirer les proportions. Comme un automate, elle emboîta le pas à Ethan dans l'escalier menant à la suite du maître de maison, laquelle devait occuper la totalité du second étage. Le luxueux mobilier aux lignes modernes lui conférait une allure très masculine.

— Tu as un superbe appartement, dit-elle, dans un effort de conversation visant à lui faire oublier le lit trônant au milieu de la pièce.

— J'ai aussi une très belle femme, rétorqua Ethan en laissant tomber sa veste sur une chaise.

— Je croyais que nous pouvions cesser de jouer la comédie, observa Merida d'un ton acide.

— C'est exact. Je ne fais qu'énoncer une vérité.

Avec une totale décontraction, Ethan commença à se

dévêtir. La cravate, d'abord ; puis chaussures et chaussettes, d'un air négligent ; enfin, la chemise.

— Tout s'est bien passé ! finit-il par soupirer.

— Me suis-je acquittée de mon rôle de façon assez convaincante ? lança Merida en le fusillant du regard.

Cela ne parut pas troubler Ethan le moins du monde. Nonchalamment, il vint jusqu'à elle.

— Tu as été parfaite, dit-il. Laisse-moi t'aider.

Il descendit prestement la fermeture à glissière au dos de la robe, et l'en débarrassa. Merida ferma les yeux. Elle avait beau s'en défendre, elle mourait d'envie de sentir sur elle les mains d'Ethan.

Que n'aurait-elle donné pour faire volte-face et se jeter dans ses bras ? C'était un effort surhumain de rester de marbre.

Sous la robe, elle portait un slip de dentelle, lui aussi couleur d'or pâle, et il l'aida à le faire glisser jusqu'au sol. Lorsqu'il lui fallut l'enjamber, Merida dut se cramponner au bras ferme qui la maintenait debout. Ensuite, Ethan détacha l'agrafe de son soutien-gorge, qui suivit le même chemin que la robe et le slip. Baissant la tête, Merida vit que ses tétons se dressaient déjà fièrement.

Elle crut entendre l'air crépiter autour d'eux quand Ethan caressa l'une des pointes frémissantes.

Pétrifiée, Merida se demanda, encore une fois, comment il était possible qu'il ait un tel pouvoir sur elle.

— Viens te coucher, dit-il d'une voix rauque.

Il aurait été pure hypocrisie de vouloir se convaincre qu'elle se pliait aux termes de leur fichu contrat, songea Merida en se laissant guider jusqu'au lit. Non, si elle obtempérait aussi volontiers, c'était tout simplement qu'elle en mourait d'envie.

Tandis qu'elle s'allongeait, Ethan ôta prestement pantalon et boxer. Merida ne parvenait pas à détacher son regard de sa somptueuse nudité, de ce corps à la plastique harmonieuse, aux longs membres souples. Ni, surtout, de la virilité triomphante qu'il révélait à ses yeux. Il la rejoignit, sans paroles inutiles, se contentant de l'attirer contre la douce chaleur de sa peau nue.

Ce fut comme une droguée en manque que Merida se plaqua contre lui.

Tout au long de la journée, elle s'était consumée d'un feu secret. C'était un véritable soulagement de se livrer sans retenue à l'embrasement du désir.

Plus tard, elle prendrait le temps d'élaborer des stratégies de comportement. Pour l'instant, tout ce qui comptait, c'était céder au besoin impérieux de se donner à Ethan.

Dans un maelström de membres emmêlés, de bouches insatiables, Merida s'abandonna aux affolantes caresses de son... mari, jusqu'à être totalement prête à le recevoir en elle.

Si Ethan avait redouté que cette nuit de noces soit vécue par sa jeune épouse comme une épreuve sacrificielle, il comprit vite qu'il n'en serait rien. Aussi, la prit-il avec autant de fougue qu'il en aurait montré, la première fois, si elle n'avait pas été si totalement innocente.

La soumettant à des assauts impérieux, il la posséda à plusieurs reprises, lui maintenant les jambes nouées autour de son bassin, pour s'enfoncer au plus profond d'elle par des estocs de plus en plus puissants.

N'était-elle pas la seule femme qu'il eût jamais invitée dans ce lit ?

Merida s'éveilla au centre de l'immense couche déserte.

Aujourd'hui, sa trop brève lune de miel prenait fin. Ethan retournait au bureau.

Depuis l'avant-veille, ils n'avaient pratiquement pas quitté la chambre, hormis pour de rapides expéditions jusqu'à la cuisine ou à la salle de bains.

Constatant qu'il n'était guère plus de 6 heures du matin, elle ferma les yeux et caressa d'un doigt son alliance.

Elle était bel et bien l'épouse d'Ethan Devereux.

Et la mère de son enfant à naître. Allongée sur le dos, elle ressentit le même frôlement d'aile qu'au soir de ses noces.

Qu'allait-elle faire de sa matinée ? s'interrogea-t-elle en quittant le lit.

Ramassant la chemise d'Ethan, elle l'enfila ainsi que le slip qu'elle avait porté pour le mariage.

Ainsi, songea-t-elle, cet appartement serait ce qui lui tiendrait lieu de foyer pour l'année à venir. Elle n'en connaissait même pas l'adresse.

Ethan lui faisait perdre tous ses repères. Depuis qu'il était entré dans sa vie, Merida avait l'impression que son univers avait basculé sur son axe – comme une boule à neige, dont le scintillement ne cessait jamais.

Gagnant la cuisine, elle constata que le réfrigérateur ne contenait que les vestiges des repas commandés pour eux par Ethan. Heureusement, il y avait aussi une bouteille de jus de fruits, et elle s'en servit un verre. Puis Merida s'installa à la table de bois sombre, et jeta un coup d'œil à son portable. Il s'y affichait un déluge de SMS et de mails !

Reece la complimentait avec enthousiasme, et Anton semblait avoir oublié combien il avait été furieux de la voir abandonner la troupe. Elle relut deux fois l'énigmatique conclusion de son message :

Je comprends tout, maintenant !

Sourcils froncés, il lui fallut quelques secondes pour y voir clair. Bien sûr ! Anton était persuadé d'avoir élucidé la raison pour laquelle elle tenait tant à garder l'enfant.

Parce que le père en était Ethan Devereux !

Irritée, Merida passa rapidement au message suivant. C'était Naomi qui lui demandait de la joindre dès que possible, et ajoutait :

J'espère que les commentaires de la presse ne t'ont pas trop contrariée.

Aussitôt, Merida pianota pour faire apparaître la une des journaux. La réalité lui sauta au visage.

La couverture de l'un des magazines américains les plus diffusés, proclamait :

UN MARIAGE DORÉ SUR TRANCHE !

Une photo les montrait, Ethan et elle, sur le perron de l'hôtel de ville. La légende insistait perfidement sur le fait que le coloris or pâle de la robe était particulièrement approprié. Le sous-entendu était évident : elle n'était rien d'autre qu'une croqueuse de diamants !

L'article évoquait une « carrière d'actrice peinant à démarrer ».

Le titre du suivant n'était pas moins irritant.

UN MARIAGE PRÉCIPITÉ !

Avec la légende d'une photo la montrant de profil. Le vent plaquait sa robe contre son petit ventre arrondi.

— Oublie tout ça !

Levant la tête, Merida découvrit Ethan planté à côté d'elle.

Vêtu d'un jogging gris, il était passablement essoufflé, bien que toujours aussi séduisant.

— Mais on me fait passer pour une croqueuse de diamants ! protesta-t-elle.

— Et alors ? rétorqua Ethan en haussant les épaules. Si je devais m'émouvoir de tous les bobards édités sur mon compte, je perdrais un temps précieux.

— Alors cela ne te gêne pas qu'un jour notre enfant tombe sur ce genre d'articles ! Qu'il pense que sa mère était une artiste ratée, en quête d'un époux fortuné ! ?

Ethan afficha une mine fataliste qui agaça passablement Merida.

— Howard n'aurait jamais dû choisir une robe dorée, concéda-t-il. Un enfant de cinq ans aurait anticipé les commentaires que cela susciterait.

D'un geste nonchalant, il insinua que le sujet était clos. Ce qui ne satisfaisait pas Merida.

— C'est comme cela que tu me vois ? interrogea-t-elle. Comme une vulgaire croqueuse de diamants ?

Qu'elle eût assez de cran pour lui poser directement la question, voilà qui plaidait considérablement en sa faveur, songea Ethan, admiratif. Regardant Merida droit dans les yeux, il répondit franchement :

— Je m'en moque éperdument !

À quoi bon perdre du temps en vaines chicanes ? Pourquoi ne pas profiter des moments qu'ils passaient ensemble ?

Car Ethan prenait bien plus de plaisir qu'il ne l'aurait imaginé à la présence de Merida dans sa vie.

Il avait pensé que leur union serait une véritable catastrophe. Or, après seulement deux jours en compagnie de celle qui était désormais son épouse, il était sous le charme.

Certes, leur entente sexuelle était extraordinaire ! Mais il n'y avait pas que cela. Il adorait bavarder avec Merida. La façon dont elle lui tenait tête, avec aplomb et subtilité, avait des vertus incroyablement rafraîchissantes.

Cette complicité, il ne l'avait connue avec personne.

— Allons, viens, ajouta-t-il, je vais te faire faire le tour du propriétaire. Ensuite, je me préparerai pour aller au bureau.

Merida aurait volontiers insisté pour qu'Ethan lui en dise un peu plus sur la vision qu'il avait d'elle, mais elle ne voulait pas paraître casse-pieds.

— J'ai déjà eu un aperçu de ton appartement, se borna-t-elle à dire.

— Tu as encore des choses à découvrir ! De plus, j'ai réalisé que tu ne sais même pas où tu te trouves. Nous sommes à un pâté de maisons de la galerie où tu travaillais. À un jet de pierre de l'endroit où réside mon père, aussi. Rassure-toi, il n'y a aucun risque qu'il nous rende visite !

— Cela ne me dérangerait pas. Je l'aime bien.

Lui jetant un regard perplexe, Ethan ne fit aucun commentaire, entraînant Merida vers l'immense salon – décoré dans de subtiles tonalités feutrées – qui occupait une bonne partie de l'étage inférieur du loft. De là, ils passèrent dans une salle à manger aux dimensions impressionnantes, puis dans la bibliothèque. Deux chambres d'amis, et leurs salles de bains, complétaient ce niveau.

Tandis qu'ils montaient à l'étage supérieur, Ethan se tourna vers elle.

— Tu devrais appeler Howard, dit-il. Je l'ai prévenu. Il t'aidera à choisir les vêtements et les accessoires dont tu auras besoin.

— Mais j'ai ce qu'il me faut ! s'insurgea Merida.

Ethan leva les yeux au ciel.

— Tu es arrivée ici avec *une* valise, Merida. Crois-moi, cela ne suffira pas !

Ethan la précéda dans un long couloir prolongeant sa suite personnelle – qui, contrairement à ce qu'avait pensé Merida, n'occupait pas la totalité du second niveau. Au bout du couloir, une porte à double battant ouvrait sur un petit escalier.

Lorsqu'ils émergèrent au dernier étage de ce qui était en fait un triplex, Merida ne put retenir une exclamation admirative. Ils se trouvaient dans une vaste pièce vide, éclairée par d'imposantes lucarnes ouvrant sur le ciel.

— C'est magnifique, Ethan ! s'exclama-t-elle. Pourquoi n'occupes-tu pas cet espace ?

— Je n'ai jamais vraiment su quoi en faire. Peut-être pourrions-nous y installer le bébé et la baby-sitter ?

— Une baby-sitter ? Pour quoi faire ?

— Enfin, Merida, je réponds à quatre ou cinq invitations par semaine. Pour une bonne partie de ces mondanités, tu devras m'accompagner. De ton côté, il te faudra assister à divers déjeuners officiels ou réceptions. Par conséquent, nous ne pourrons pas nous dispenser d'une nurse.

Un bref instant, Ethan dévisagea Merida, puis il ajouta :

— Elle me sera également indispensable après ton départ. Mais ne t'inquiète pas, je ne commettrai pas la même erreur que mon père ! Je n'ai jamais fantasmé sur les baby-sitters.

Merida ne savait comment prendre ces dernières remarques. D'une part, Ethan évoquait froidement la perspective qu'elle disparaisse de sa vie, en lui abandonnant leur enfant sans autre forme de procès. De l'autre, pour la première fois, il s'ouvrait à elle des ragots entourant la mort de sa mère. Devait-elle y voir une marque de confiance ?

Malgré son ton badin, il n'avait pu dissimuler la nervosité qui faisait palpiter sa joue, et crispait ses mâchoires.

— Tu ne lui pardonneras donc jamais ? dit-elle. Ethan, tout cela remonte à plus de vingt ans…

— Oui, il y a précisément vingt-cinq ans que ma mère est sous terre.

Se refusant à en dire davantage, Ethan retourna à une conversation plus factuelle. D'un geste large, il désigna l'espace dans lequel ils se tenaient.

— Il y a assez de surface, ici, pour la chambre d'un enfant, et celle d'une nounou, ajouta-t-il. Je te laisse carte blanche.

De retour dans la cuisine, Ethan ne put s'empêcher de dévorer des yeux Merida. Dans cette chemise suffisamment transparente pour révéler qu'elle ne portait rien d'autre qu'un slip, en dessous, elle était délicieuse.

S'approchant, il la prit par les bras. Pour la deuxième fois de sa vie, il éprouvait la tentation de ne pas aller travailler.

Levant les yeux vers Ethan qui la dévisageait en silence, Merida sentit la tension monter d'un cran. Il suffisait qu'il la regarde avec cette intensité fiévreuse pour qu'elle soit submergée par le désir.

— Il faudrait que j'aille me préparer, mais…, souffla-t-il avec des sous-entendus lourds de sens.

Son regard réclamait qu'elle l'accompagne sous la douche. Pourtant, elle déclina cette invitation muette.

— Eh bien, vas-y, murmura-t-elle.

Au tréfonds d'elle-même, Merida ne parvenait pas à surmonter la blessure que lui avait causée l'évocation du jour où il la mettrait dehors. Et encore plus l'idée qu'Ethan se moquait éperdument de savoir si elle était avec lui pour l'argent, ou pour toute autre raison.

Cependant, lorsqu'il l'embrassa avec passion, plaquant contre elle l'évidence de son désir, elle se liquéfia. Les jambes en coton, elle prit appui contre le plan de travail. Il émanait d'Ethan une telle puissance virile. Il montrait une telle avidité à la faire sienne !

— Allons, viens, Merida, susurra-t-il à son oreille tandis qu'il glissait une main entre ses cuisses, remontant jusqu'à l'endroit où déjà elle sentait sourdre un feu liquide.

— Il faut que tu te prépares, lâcha-t-elle.

Sans véritablement le repousser, Merida plaqua les mains sur le torse d'Ethan et exerça une très légère pression. S'écartant, il la contempla entre ses paupières mi-closes. Puis il fit volte-face et se dirigea vers la porte.

Lorsqu'il redescendit, un moment plus tard, Merida était toujours devant le plan de travail, tenant un mug de café. Entendant son téléphone vibrer, Ethan laissa échapper une imprécation étouffée.

— Désolé, dit-il en regardant l'écran, je dois y aller.

Néanmoins, il s'accorda le temps de prendre son mug d'une main pour lui voler un baiser, tout en lui caressant les fesses de l'autre main. Manifestement, il avait l'intention de reprendre les choses où il les avait laissées, à son retour du bureau, songea Merida.

Une fois seule, elle alla s'asseoir à la longue table. Peu à peu, tandis qu'elle buvait lentement son café, elle prit la mesure de sa situation.

En fait, le mariage qu'elle venait de contracter était totalement dépourvu d'amour…

Pas totalement, à vrai dire. Car elle était éperdument amoureuse d'Ethan.

Le seul problème, c'était qu'il n'en avait cure.

Comment allait-elle supporter une année entière à se donner à lui, sans qu'il ne lui rende aucun amour ?

Ne finirait-elle pas par mourir de chagrin ?

Peu importait à Ethan ce qu'elle éprouvait pour lui. Il ne considérait leur union que comme une transaction commerciale, avec en sus le piment d'une relation sexuelle tout à fait satisfaisante.

Alors, résolut-elle après mûre réflexion, si son « époux » ne voulait voir en elle qu'une croqueuse de diamants, c'était ainsi qu'elle se comporterait.

Après avoir lavé et rangé son mug – elle ne voulait pas

que Rita, la gouvernante, trouve la cuisine en désordre ! –, elle alla se doucher et explorer le contenu de sa valise. Ethan avait raison : ses maigres effets ne feraient pas l'affaire. Elle appela Howard, bien décidée à endosser le rôle qu'on lui avait fixé.

Celui de l'épouse parfaite d'un Devereux.

Lorsque Ethan regagna son domicile, ce fut pour y trouver la plus raffinée des compagnes, s'extasia-t-il intérieurement tout en regrettant le charmant désordre des boucles de feu. Dans une élégante toilette grise, Merida l'attendait au salon.

— Comment s'est passée ta journée ? interrogea-t-elle.

— Elle m'a paru interminable... Je crois que j'irai me coucher de bonne heure.

— Rassure-toi, je ne te dérangerai pas. J'ai transporté mes affaires dans la plus grande des deux chambres d'amis.

Ethan tourna vers elle une expression perplexe.

— Tu plaisantes, j'espère ! lança-t-il.

— Pas du tout ! Ne crains rien, je m'arrangerai pour que ton personnel n'en sache rien.

Merida avait bien réfléchi. Il était impossible qu'elle se donne, soir après soir, à un homme qui n'avait aucune estime pour elle !

Voyant qu'Ethan demeurait interdit, elle poursuivit :

— Tu insistais pour que ce mariage soit consommé, il l'a été. Mais je refuse de me prostituer, dans ton lit, pendant toute une année.

Merida n'ignorait rien de la véritable raison de sa présence auprès d'Ethan : elle n'était que le réceptacle de ce qui était, et serait à jamais, la propriété des Devereux.

Posant ses couverts sur l'assiette, elle se leva.

— Dorénavant, nous ferons chambre à part, lança-t-elle avant de sortir.

13.

C'était avec un art consommé que Merida s'acquittait de son nouveau rôle. S'il avait existé un palmarès de la « Meilleure Épouse contractuelle », elle ne doutait pas qu'on aurait décerné la médaille d'or à Merida Cartwright – son nom de scène en des temps révolus.

Elle accompagnait Ethan à toutes les manifestations qu'il était tenu d'honorer de sa présence, le dévorant des yeux avec l'adoration attendue d'une épousée de fraîche date.

De son côté, Ethan prenait soin de se comporter en parfait gentleman avec sa jeune épouse, quand bien même il ne parvenait pas à se défaire d'une mine morose. Il avait beau essayer de se convaincre qu'il n'avait rien de mieux à attendre de leur union, il n'en regrettait pas moins la brièveté de leur « lune de miel » – deux jours de parfaite béatitude !

Cette union n'était que de convenances, se répétait-il, et si le sexe ne figurait pas parmi les priorités de Merida, il saurait s'en contenter. Il n'allait quand même pas s'abaisser à la supplier !

En tout cas, s'il y avait une chose à laquelle elle s'adonnait avec enthousiasme, c'était à diriger les travaux de rénovation de ce qui deviendrait la chambre d'enfant. Avec un réel talent de décoratrice, et un zèle infatigable à dépenser l'argent de son époux !

— Les ouvriers vont déposer l'escalier du dernier étage, expliqua-t-elle tandis qu'ils se rendaient chez Jobe pour la soirée. Il leur faudra également déplacer l'une des cloisons de ta…

Elle s'interrompit, cherchant comment reformuler sa phrase, afin que le chauffeur n'apprenne pas qu'ils faisaient chambre à part. Rita avait certainement percé le mystère, mais elle était assez grassement rétribuée pour ne pas ébruiter l'affaire.

— La cloison de *notre* chambre, reprit Merida.

— Eh bien, nous nous réfugierons à l'hôtel ! s'exclama Ethan.

— Ce ne sera pas nécessaire, se hâta d'objecter Merida.

La vivacité de cette réaction agaça Ethan. Sa suite ne comportait qu'une seule chambre, et il était clair que Merida ne supportait pas l'idée de partager sa couche.

— Il est hors de question que je tolère le bruit et la poussière des travaux ! s'indigna-t-il.

Puis, faisant face à Merida, il ajouta à mi-voix :

— Je dormirai sur le canapé du salon.

Bien que l'appartement de Jobe ne soit qu'à un jet de pierre du leur, ils s'y faisaient conduire en voiture, car ils étaient vêtus avec la recherche nécessaire pour la séance de photos programmée par un magazine people. Ethan était particulièrement crispé, et il passa un doigt entre son cou et le col de la chemise.

— Je déteste ce genre d'obligation, maugréa-t-il. Cela ne durera pas très longtemps, mais on risque de nous poser des questions.

— Ne t'inquiète pas, tout ira bien, le rassura Merida.

Ce n'était pas non plus quelque chose qui l'amusait beaucoup, mais elle ne voyait pas d'objection à se plier au désir de Jobe d'être photographié en compagnie de son fils et de sa bru.

Le temps pressait. Il était prévu que Jobe soit hospitalisé sans tarder, pour expérimenter un nouveau traitement. Il dépérissait à vue d'œil. Pour la première fois de sa vie, il n'avait pas assisté à l'assemblée générale de l'entreprise. Sa décision de se retirer des affaires avait été rendue publique une semaine auparavant.

— Dieu soit loué pour l'arrivée de cet enfant ! avait-il jubilé après la réunion où il avait fait part de son retrait.

En effet, le récent mariage d'Ethan et l'annonce qu'il allait être père avaient largement désamorcé la mauvaise humeur des actionnaires.

Lorsqu'ils arrivèrent à la somptueuse résidence de la Cinquième Avenue, on leur annonça que Jobe les rejoindrait au salon. Abe et Candice y attendaient déjà.

Se contentant d'un rapide signe de tête dans leur direction, Abe ne quitta pas le manteau de la cheminée auquel il était accoudé, sirotant un whisky. Quant à Candice, elle ne se donna même pas la peine de paraître noter leur entrée.

Tandis que le photographe et le journaliste installaient leur matériel, Abe et Ethan entamèrent une discussion animée sur les fluctuations de la Bourse. Ne sachant trop comment s'occuper, Merida alla admirer les portraits de famille alignés sur les murs du hall.

L'un d'entre eux retint plus particulièrement son attention. On y voyait Ethan, âgé de quelques semaines, dans les bras de son éblouissante mère. Assis à côté d'elle, sur un canapé aux coussins de couleurs pastel, Jobe tenait sur ses genoux le petit Abe, sérieux comme un pape.

— Merida !

Entendant son nom, Merida fit volte-face en souriant. Au moins son beau-père semblait-il heureux de la voir, se réjouit-elle intérieurement. Lentement, le vieil homme descendit les quelques dernières marches et s'avança pour l'embrasser sur la joue.

— Tu admirais mes garçons ? questionna-t-il.

— Des garçons qui ont bien grandi, s'amusa-t-elle.

— C'est vrai, mais ils restent toujours mes garçons. Tu verras, quand tu seras mère.

Esquissant un petit sourire mélancolique, Merida songea à ses propres parents. Ils ne se souciaient guère d'exposer des photos d'elle dans son jeune âge.

— Vous êtes un bon père, Jobe, fit-elle observer d'une voix pensive.

— J'avais espéré l'être…

Cette réponse énigmatique piqua la curiosité de Merida, cependant elle n'eut pas le temps de demander des éclaircissements à Jobe. Déjà il la précédait au salon.

Au cours de l'interview qui suivit, elle prit bien garde à répondre aux questions en s'en tenant au scénario qu'Ethan et elle-même avaient élaboré quant à leur rencontre.

En son for intérieur Ethan ne put qu'admirer sa jeune épouse tandis qu'elle se livrait avec aisance au petit jeu de l'interview, puis posait pour le photographe comme si elle était accoutumée à ce genre de situation.

L'entendant rire et plaisanter, il se prit à regretter le temps trop bref où elle avait montré avec lui la même décontraction. Ce n'était pas tant leur entente sexuelle qui lui manquait que la complicité de leurs échanges.

Pendant cet intervalle heureux, Ethan avait eu le sentiment grisant que le monde lui appartenait.

Abe et Candice s'éclipsèrent avant la fin de la séance de pose, et ce fut Ethan qui raccompagna photographe et journaliste jusqu'à la porte.

Revenant vers le salon, il eut tout à coup l'impression que les photos, aux murs du hall, le narguaient. Les souvenirs des moments où elles avaient été prises remontèrent à sa mémoire avec une précision oppressante : les détails de la préparation, afin que son frère et lui soient impeccables ; les exhortations de leur mère pour qu'ils affichent leur plus beau sourire et se tiennent bien…

Puis, soudain, alors qu'il était planté au milieu du vaste hall, un autre épisode de son enfance lui revint à l'esprit : Meghan, sa baby-sitter, le portait dans ses bras, tout en interpellant sa mère avec colère.

— Comment avez-vous pu laisser cet enfant seul dans la voiture ? s'écriait-elle.

Ethan se souvenait d'avoir été extirpé du véhicule, quelques instants plus tôt, puis déshabillé, placé sous le jet d'eau fraîche de la douche tandis qu'on le faisait boire.

— Il dormait ! répliquait sa mère d'une voix perçante. Je n'ai pas voulu le réveiller.

Les pleurs de Meghan avaient paru incompréhensibles à Ethan. De même, la manière dont elle ne cessait de lui répéter à quel point elle était désolée. Alors qu'elle n'était responsable de rien.

En nage, Ethan ferma les yeux, serrant étroitement les paupières pour effacer ces images. Tout cela était très loin, songea-t-il en s'exhortant à se concentrer sur l'apparente normalité du moment présent.

Ouvrant la porte du salon, il eut clairement l'impression d'interrompre une conversation.

— Tout va bien ? lui demanda Jobe. Tu es aussi pâle que si tu avais croisé un fantôme !

— Oui, tout va bien, répondit Ethan. De quoi parliez-vous ?

— Je disais à Merida que vous devriez vous installer ici pendant les travaux.

— Cela fait plus de dix ans que j'ai quitté les lieux, protesta sèchement Ethan, ce n'est pas pour les réintégrer aujourd'hui !

— Écoute, Ethan, je vais être davantage à l'hôpital qu'ici. Il n'y a aucune raison que tu imposes à ta femme de vivre sa grossesse à l'hôtel. Pour aussi luxueuse que soit votre suite !

Si son père n'avait pas été à l'article de la mort, Ethan lui aurait dit sans détour tout le mal qu'il pensait de sa brillante idée.

Mais le moment était mal choisi pour donner libre cours à son irritation.

Néanmoins, sur le chemin du retour, Ethan ne se priva pas pour exprimer fermement son opposition à la proposition de Jobe.

— Il est hors de question que nous acceptions ! martela-t-il.

— Pourquoi ? répliqua Merida. Pour ma part, je trouve que c'est plutôt une bonne idée.

Un instant, Ethan demeura bouche bée, puis il ajouta :

— Après tout, fais comme tu veux ! Cela ne m'importe guère. Je pars à Dubaï pour quatre semaines.

— Ton père est *mourant*, et tu t'absentes pendant un mois ? !

— Un hôtel ne se construit pas en claquant des doigts !

Ethan se tourna vers la vitre. Oui, il fuyait, et en avait pleinement conscience. Sauf que c'était avant tout cette parodie d'union conjugale qui le poussait à plier bagage. Il n'en pouvait plus de ces soirées passées à faire bonne figure dans les réceptions ou les dîners mondains – tous ces moments où Merida et lui s'embrassaient et se tenaient la main pour le seul bénéfice du public, puis évitaient tout contact dès qu'ils se savaient à l'abri des regards. Et le pire, c'étaient les interminables nuits sans repos, en sachant que Merida dormait à l'étage au-dessous du sien. Lui faisant face, il siffla entre ses dents :

— Tu devrais être contente ! Nous serons à des milliers de kilomètres l'un de l'autre. Est-ce que cela te suffira ?

14.

Merida était toujours heureuse de rendre visite à Jobe.

— Comment vous sentez-vous, aujourd'hui ? dit-elle en déposant un baiser sur sa joue.

— Fatigué, admit-il. Mais ce n'est pas l'important. Je viens de parler à Ethan. Il m'a dit que ton échographie s'est bien passée. Est-ce que tu connais le sexe de l'enfant ?

Merida secoua la tête.

— Non. Je préfère attendre.

Pendant quelques secondes, elle dévisagea Jobe, frappée de constater à quel point son teint était gris. Puis elle reprit :

— Si vous le souhaitez, je demanderai à l'obstétricien de vous le dire. À vous seul.

— Tu ferais cela pour moi ?

— Bien sûr !

S'efforçant de sourire, Merida détourna la tête pour que son beau-père ne voie pas les larmes dans ses yeux. Jobe était lucide : il ne vivrait peut-être pas suffisamment pour découvrir si le nouveau-né était un garçon ou une fille.

— Ces roses sont superbes, déclara-t-elle pour changer de conversation, enfouissant son visage dans la brassée écarlate, sur la table de nuit.

Par inadvertance, son regard se porta sur la carte attachée au bouquet.

— Qui est Chantelle ? se risqua-t-elle à questionner.

— Une ex-compagne.

— Eh bien, elle ne semble pas résignée à n'être que cela ! Je lis qu'elle meurt d'envie de vous voir.

Si l'un ou l'autre de ses fils avait osé pareille indiscrétion, Jobe l'aurait vertement remis à sa place. Mais il éprouvait une véritable affection pour Merida. Aussi se résolut-il à lui dévoiler les raisons de sa rupture avec sa dernière compagne – chose qu'il n'avait confiée à personne.

— J'ai préféré mettre un terme à ma relation avec Chantelle parce que je ne tenais pas à ce qu'elle assiste à ma déchéance, déclara-t-il. Je n'ai pas besoin de spectateurs.

— Vous acceptez bien mes visites, pourtant.

— Oui, mais toi tu fais partie de la famille.

Pour un peu, Merida aurait fondu en larmes.

Jobe lui fit signe de s'asseoir sur le lit, et elle obtempéra.

— Je me fais du souci pour mes garçons, enchaîna-t-il. Moins pour Ethan, bien sûr, depuis que tu es dans sa vie.

Serrant la main du malade, Merida songea qu'elle aurait pu jurer, au soir de ses noces, que Jobe n'avait aucun doute sur la véritable nature de cette union. Elle avait peine à croire qu'il n'en fût rien. À moins que le vieil homme ne préfère se rassurer en pensant que son fils cadet avait fini par se ranger.

Un instant, elle se demanda comment Ethan occupait ses soirées, à Dubaï. L'abstinence qu'elle lui imposait était-elle l'une des raisons de son voyage ?

Décidément, être l'épouse d'un Devereux n'était pas une situation de tout repos…

— Est-ce qu'Elizabeth vous manque encore ? questionna-t-elle, curieuse d'en savoir un peu plus sur la mère d'Ethan.

— Seigneur, non ! s'exclama Jobe. Jamais !

Surprise par la vivacité de cette réponse, Merida cligna des yeux.

— Pourtant, insista-t-elle, vous formiez un couple très uni…

Sans même qu'il ne comprenne bien ce qui l'y poussait – la morphine peut-être, ou la certitude d'être au crépuscule de sa vie –, Jobe avait envie de se livrer comme jamais auparavant.

— Les années auprès d'Elizabeth ont été les pires de toute mon existence, affirma-t-il.

Abasourdie, Merida persista :

— Mais vous gardez des photos d'elle partout… Et vous en parlez toujours avec affection…

Jobe secoua la tête.

— On ne peut décemment pas médire des disparus. Et c'est mieux si les garçons pensent qu'elle était une bonne mère…

— Ce n'était pas le cas ?

— Elizabeth n'a jamais aimé qu'elle-même…

Ce que Jobe raconta ensuite à Merida était une vérité terrible. Quelque chose qui, à son avis, n'aurait pas dû être dissimulé à Abe et à Ethan. Elle s'en ouvrit à son beau-père, mais il refusa obstinément qu'il en soit ainsi.

— Non, dit-il, j'emporterai ce secret dans ma tombe.

Que devait-elle faire de cette information ? s'interrogea Merida. Et fallait-il qu'elle fasse quoi que ce soit ?

Ethan se montrait tellement inaccessible lorsqu'il appelait de Dubaï, chaque soir. Pour sauver la face, Merida se forçait à lui répondre avec froideur. Pourtant, elle mourait d'envie de parler librement, de l'entendre raconter ses journées, sa vie.

De retour de la résidence de Jobe, elle se jeta sur son lit, épuisée par la visite qu'elle lui avait faite.

Au fond, se dit-elle, les Devereux étaient désormais sa seule famille – celle qu'elle n'avait jamais eue. Quant à Ethan, il avait l'inaltérable capacité de la faire fondre. Même lorsqu'elle ne le voyait que sur un écran d'ordinateur.

— J'ai essayé de te joindre à plusieurs reprises, maugréa-t-il en guise de préambule à leur conversation quotidienne. Pourquoi ne répondais-tu pas ?

— J'ai été très occupée.

Oui, songea Merida en fixant le sublime visage, elle avait été trop occupée à pleurer toutes les larmes de son corps. Et ce qu'elle voulait éviter par-dessus tout, c'était qu'Ethan remarque ses yeux rouges.

Réendosser le rôle de la croqueuse de diamants, au cœur de pierre, était bien plus facile que de montrer ses émotions.

— Comment ça se passe à Dubaï ? interrogea-t-elle.

— Ça va. Il fait juste épouvantablement chaud.

C'est juste l'enfer.

Pour être honnête, c'était la réponse qu'il aurait dû faire, s'avoua Ethan en son for intérieur.

Il n'avait plus aucune envie de renouer avec les pratiques de sa vie de play-boy, quand bien même sa superbe épouse – qu'il dévorait des yeux sur l'écran – se refusait à partager sa couche. Chose que nul n'aurait imaginée !

— De quoi voulais-tu m'entretenir ? questionna Merida.

Seigneur, elle s'adressait à lui comme si elle n'était que son assistante, se désola intérieurement Ethan.

— Est-ce que tu as avancé dans le choix d'une baby-sitter ? s'enquit-il.

— Pas vraiment. Mais tu te souviens peut-être que je t'avais parlé de mon amie Naomi. J'ai pensé faire appel à elle. Si tu en es d'accord, bien sûr.

Pendant quelques secondes, Ethan resta perdu dans ses pensées. Comment aurait-il oublié leurs conversations de ce premier matin, quand ils bavardaient gaiement dans le grand lit de la suite ? Il n'était pas un instant de cette complicité partagée qui ne soit clairement présent à son esprit.

— C'est d'accord, finit-il par dire. Si cela doit te rassurer.

— Je te remercie. Néanmoins, je continue à chercher quelqu'un pour… *après*. Mais toutes les femmes que j'ai vues jusqu'ici sont affreusement sévères. De véritables dragons ! Est-ce que tes baby-sitters étaient sur ce modèle ?

Ethan haussa les épaules.

— Elles étaient plutôt strictes, c'est vrai, admit-il. Hormis Meghan, celle de mes premières années. Pour autant que je me souvienne, c'était quelqu'un d'adorable. Mais, bon… un peu trop peut-être. Nous savons comment cela a fini…

— Tout ce que je sais d'elle, corrigea Merida, c'est ce qu'en a dit la presse à scandale.

— Et moi, tout ce dont je me souviens, c'est d'avoir énormément regretté son départ.

Interloquée, Merida dévisagea Ethan. C'était la première fois qu'il évoquait aussi ouvertement cette femme.

— Ethan…, commença-t-elle d'une voix hésitante.

Pouvait-elle lui parler franchement ? Sortir du rôle qui lui avait été fixé ?

— Ton père ne va pas bien, osa-t-elle avancer. Je pense qu'il vaut mieux que tu rentres au plus tôt.

— Nous communiquons par Internet, tous les matins.

— Je sais. Mais ce n'est pas pareil, de se voir face à face.

Non, ce n'était pas pareil, admit Ethan *in petto*.

Il avait beau voir et entendre Merida, en cet instant même, il était torturé par le désir de se retrouver en sa présence.

— Jobe et toi devriez régler les choses, entre vous, tant que c'est encore possible, enchaîna-t-elle. Au sujet de ta mère, je veux dire.

— Ce n'est pas ton affaire !

La réaction d'Ethan ne la surprit guère. Elle n'ignorait pas être allée trop loin. Mieux valait remettre son masque impassible, et fixer sur son époux le regard glacial de ses prunelles vertes voilées de larmes contenues.

— Très bien, lâcha-t-elle avec un sourire crispé. Il faut que j'y aille, maintenant.

— Pas tout de suite…

Malgré la tension qui régnait entre eux, Ethan vivait ces conversations comme le meilleur moment de sa journée.

— Ethan ! Je suis pressée.

Seigneur, fallait-il vraiment qu'elle se montre aussi cassante avec lui ? se révolta Ethan intérieurement. Où donc était passée la chaleureuse jeune femme rencontrée quelques mois plus tôt ? Celle qui avait réussi à le faire sourire.

Elle avait fini par se transformer en une copie de Candice, tout juste capable de quelques minutes de conversation.

Pourtant, ne venait-elle pas de faire davantage qu'échanger des banalités ?

« Je pense qu'il vaut mieux que tu rentres »…

La phrase de Merida tournait dans sa tête. Ethan savait pertinemment qu'elle avait raison. Il se dévêtit et s'allongea sur son lit, le regard perdu dans le vague.

Petit à petit, des images remontaient à sa mémoire. Des souvenirs de sa mère. Curieusement, ces réminiscences confuses semblaient en complète contradiction avec ce qu'il avait toujours cru. Avec ce qu'on lui avait raconté…

Certes, Elizabeth avait été très belle. Tout le monde disait d'elle le plus grand bien. On vantait sa douceur. Pour Ethan, les photos alignées sur les murs de la résidence familiale évoquaient une enfance de rêve.

N'était-ce que des images d'Épinal ? Des visions de contes de fées, qui avaient façonné sa perception du passé ?

Il en était à batailler pour mettre de l'ordre dans ses pensées lorsqu'une voix aux doux accents familiers parvint à ses oreilles. Machinalement, avant de s'allonger, Ethan avait actionné la télécommande du téléviseur.

Sur l'écran, Merida arpentait Gapstow Bridge, le pont enjambant l'un des lacs de Central Park. Juchée sur des talons défraîchis, elle était presque méconnaissable. Oh ! bien sûr, Ethan aurait reconnu entre mille cette crinière cuivrée et ces magnifiques yeux verts. Sauf qu'il n'y brillait aucune lumière. La femme qu'il contemplait n'était qu'une prostituée usée par la vie – parfaite incarnation de la lassitude et de l'amertume.

Merida était une excellente actrice !

Une idée commença à germer dans l'esprit d'Ethan. C'était comme si, tout à coup, une clé lui était tendue…

Il revécut l'une de leurs conversations, où elle s'était ouverte à lui de sa technique pour ne pas laisser percevoir à ses parents la souffrance qu'ils lui causaient.

Faisait-elle la même chose avec lui, sous ce masque impénétrable ? Jouait-elle le rôle de l'épouse frivole, intéressée, dépensière, alors qu'elle cachait au fond de son cœur un amour profond pour lui… ?

Attrapant sa tablette, Ethan visionna toutes les photos où Merida apparaissait à son bras, dans la presse.

Oui, conclut-il, c'était une formidable comédienne !

Sur tous les clichés, elle arborait un sourire radieux, et il fallait faire preuve de la plus extrême perspicacité pour se rendre compte qu'il n'y avait aucune gaieté dans son regard.

Ce n'était qu'en comparant ces images avec celles – qu'il gardait précieusement en mémoire – de la véritable Merida qu'il en prenait conscience.

C'était cette Merida-là – celle de leur première soirée et du premier matin, celle d'avant ce fichu contrat – qu'il voulait retrouver.

Ethan n'avait plus qu'une idée : faire tomber le masque de l'épouse mondaine qu'elle arborait avec tant de talent.

Pourvu qu'elle soit prête à lui offrir une deuxième chance...

15.

Le jet privé d'Ethan se posa sur le tarmac au milieu de la nuit. Il n'avait informé personne de son retour.

À la seconde où il poussa précautionneusement la porte de la chambre, Merida alluma la lampe de chevet.

— Que fais-tu là ? s'étonna-t-elle. Je croyais que tu ne rentrais pas avant la semaine prochaine.

S'asseyant dans le lit, Merida s'efforça de discipliner sa chevelure en bataille. Après un bain, pris tard dans la soirée, elle s'était endormie en pleurant. Elle se désola intérieurement du spectacle qu'elle devait offrir.

— J'avais hâte de retrouver ma tendre épouse, répondit Ethan.

Certes, se reprocha-t-il *in petto*, il aurait pu se dispenser de cette petite pique. Pourtant il était vrai que Merida lui avait manqué.

Sous le drap, la rondeur du ventre était maintenant bien visible. Il nota que la chevelure fauve avait retrouvé le désordre qu'il aimait tant. Merida avait les yeux rouges. Avait-elle pleuré ?

Elle le fixa d'un regard méfiant tandis qu'il se déshabillait.

— Pourquoi es-tu rentré ? questionna-t-elle à nouveau.

— Parce que je ne suis pas aussi borné que tu le supposes. Il m'arrive de tenir compte des conseils qu'on me donne. Tu as raison, rien ne saurait se régler si je suis à des milliers de kilomètres.

— Est-ce à dire que tu comptes parler à ton père ?

— Exactement.

Ce n'était pas sa seule motivation, mais Ethan ne tenait pas à avouer ce qui avait véritablement provoqué son retour. Pas avant d'avoir vérifié ce qui se cachait derrière l'apparence de froideur que Merida lui opposait. Se composait-elle un personnage, comme il le soupçonnait ?

Lorsque Ethan vint s'asseoir au bord du lit, Merida se raidit. Elle mourait d'envie de se jeter dans ses bras. Ne pas se le permettre était une véritable torture.

Il avait ôté veste et chemise, ainsi que chaussures et chaussettes. Elle était nue sous le drap. La situation devenait embarrassante, et elle préféra orienter la conversation vers des sujets sans risque.

— J'ai demandé à l'obstétricien d'appeler ton père pour lui révéler le sexe de l'enfant, annonça-t-elle. Je pense qu'on peut lui accorder ce plaisir, non ? Ah, et puis j'ai trouvé une baby-sitter. Elle est jeune et sympathique, et…

— Ne t'inquiète pas, l'interrompit Ethan. Le passé ne se répétera pas. Je n'ai aucune intention de réitérer les erreurs de mon père.

— Ni moi de me comporter comme ta mère. Si jamais il te prenait l'envie de coucher avec la nurse, je ne me réfugierais pas aux Caraïbes en abandonnant mon enfant.

Serrant les mâchoires, Ethan enfouit son visage entre ses mains. En voyant jouer les muscles de ses épaules, Merida eut toutes les peines du monde à ne pas tendre la main pour le toucher.

Cependant, elle eut beaucoup de mal à dissimuler sa surprise lorsque Ethan leva la tête et déclara :

— J'ai beaucoup pensé à ma mère, ces jours-ci. Plusieurs choses me sont revenues.

— Lesquelles ?

— Je n'ai pas envie d'en parler pour l'instant.

Roulant vers Merida, Ethan posa la main sur son ventre, tout étonné de constater qu'en trois semaines elle s'était considérablement arrondie.

— Ce ne sont pas des jumeaux, au moins ? questionna-t-il.

— Bien sûr que non ! On l'aurait vu aux échographies.

— Je sais, mais je repense à ce talisman que nous avons manipulé tous les deux. Celui qui garantissait la fertilité…

— Je croyais que tu n'étais pas superstitieux.

— Habituellement pas. Pourtant, c'est ce même soir que tu es tombée enceinte.

Merida eut un petit rire de gorge.

Un moment ils demeurèrent allongés l'un près de l'autre, paisiblement, et Merida se réjouit à l'idée qu'ils étaient comme n'importe quel couple attendant une naissance. La seule chose qui troublait le calme de cette nuit, c'étaient les petits coups de pied qu'elle sentait dans son ventre, et qu'Ethan suivait du plat de la main.

— Qu'a dit l'obstétricien, à ta dernière visite ? s'enquit-il.

— Que tout va bien. C'est normal que je souffre du dos.

— Ce sont tes ligaments qui se distendent, en prévision de l'accouchement, commenta Ethan.

Faisant face à Merida, il afficha un sourire plein de fierté. Elle ne put s'empêcher de lui sourire en retour.

— Où as-tu découvert cela ? interrogea-t-elle.

— Dans un manuel que j'ai acheté à l'aéroport de Dubaï pour m'informer sur l'accouchement. J'ai lu des choses assez terrifiantes, d'ailleurs. Au fait, est-ce que tu t'es entendue avec Naomi ?

— Oui. Elle arrivera le 1er décembre, et restera jusqu'à la fin du mois de janvier.

— C'est parfait.

Le bébé avait cessé de bouger, et Merida écarta la main d'Ethan.

— Bonne nuit, Ethan, dit-elle.

Tendant le bras vers la table de chevet, il éteignit. Puis il ôta son pantalon et se glissa sous le drap.

Merida était au supplice. Allongée près d'Ethan, elle n'avait jamais éprouvé un tel sentiment de solitude.

— Je t'ai vue dans le téléfilm où tu jouais une prostituée, dit-il dans le noir. Tu étais formidable.

Lui tournant le dos, Merida préféra ne pas répondre. Il était plus simple de faire semblant d'être endormie.

Ce n'était pas dans les habitudes d'Ethan d'imposer son désir à une femme. Mais il n'avait pas oublié ce qu'était leur formidable entente sexuelle. Aussi décida-t-il de passer outre ses scrupules. Il saurait abattre les défenses de Merida, augura-t-il.

Lorsqu'elle sentit Ethan venir se placer derrière elle, Merida serra les paupières.

— À quel endroit as-tu mal ? murmura-t-il en laissant courir un doigt le long de sa colonne vertébrale.

Tétanisée, elle continua à faire semblant de dormir.

— Est-ce que c'est plutôt là ? insista Ethan en exerçant une pression au bas de son dos.

Donc, il n'était pas dupe de sa petite comédie. Mieux valait y renoncer, résolut Merida.

— Oui, c'est là, admit-elle.

Les longs doigts massèrent lentement tandis qu'elle demeurait immobile, sans parvenir à se détendre.

— Ça te fait du bien ? s'enquit Ethan.

— Oui, un peu.

Ethan poursuivit son œuvre, augmentant le calvaire de Merida qui respirait de plus en plus difficilement. Elle serra les dents lorsqu'il souda les lèvres à son épaule. Pourtant, elle ne lui intima nullement d'arrêter.

Haletant, Ethan glissa un bras sous elle, et Merida ne put retenir un soupir extatique quand il referma la main sur son sein, en effleurant délicatement le téton presque douloureux, avant de le faire doucement rouler entre pouce et index. Elle sentait la dureté de son érection pressée contre ses fesses.

— Merida…, souffla-t-il dans son cou.

La voix mâle vibrait d'un sourd désir. Merida se tourna vers Ethan, et il déposa sur sa joue un baiser très doux. Le contact rugueux de la barbe naissante lui fit fermer les yeux de ravissement.

Contenir son envie de céder était aussi difficile que lutter contre la marée montante. Néanmoins, Merida se contraignit à résister avec la moindre parcelle de son corps

– de ses mains qui brûlaient de toucher Ethan à sa gorge dans laquelle elle sentait sourdre un gémissement suppliant.

Si elle l'avait osé, elle aurait renoncé à cette indifférence simulée, comme l'on abandonne une dépouille, et elle l'aurait embrassé follement.

— J'ai lu autre chose, dans ce bouquin, souffla-t-il.

— Quoi ?

— Il paraît que certaines femmes enceintes ont une libido particulièrement débridée.

Merida déglutit car déjà Ethan glissait un doigt en elle, puis un autre, la menant instantanément au bord de l'orgasme, tandis qu'il prenait ses lèvres avec une passion presque furieuse. Au moment où il la pénétra, elle eut besoin de toute sa volonté pour ne pas crier son nom.

C'était un ineffable délice de retrouver sa présence en elle. Ethan se mit en mouvement, et Merida réalisa combien elle avait oublié la fièvre qu'il était capable de faire naître dans son âme et son corps. La manière dont il la propulsait dans un univers où elle ne s'appartenait plus, où rien n'existait hormis le feu de leur union, même si elle haïssait ce qu'ensemble ils étaient devenus.

Ethan avait éminemment conscience de la lutte forcenée de Merida pour ne pas jouir.

— Merida..., grommela-t-il, car il n'allait pas pouvoir se contenir beaucoup plus longtemps.

Malgré tout, elle ne céda pas.

Voilà qu'il rencontrait cette attitude d'acceptation mortifiée à laquelle il s'était attendu au soir de leur noce, comprit Ethan. Cependant, il se refusait absolument à prendre son plaisir tant que Merida se retiendrait.

Se retirant, il l'obligea à se tourner et à se mettre à genoux vers la tête de lit. Merida s'y cramponna, comme Ethan la prenait de nouveau. Avec une lenteur cruelle, qui la faisait languir au-delà du supportable. Entre gémissements étouffés et sanglots retenus, elle bataillait pour ne pas lâcher prise.

— Perds le contrôle, Merida..., l'enjoignit Ethan. *Jouis !* Tu pourras recommencer à me détester demain matin.

Et cette injonction suffit à ce que Merida perde pied.

Ce fut comme si une décharge électrique d'une puissance inouïe courait tout le long de son épine dorsale. Cambrant les reins, elle fut submergée par un orgasme fulgurant, et les spasmes de plaisir resserrèrent ses muscles autour du sexe, dur comme le roc, qui l'emplissait tout entière.

Avec une plainte sourde, Ethan se déversa en elle.

Désormais, il ne pourrait plus jamais douter de l'amour qu'ils éprouvaient l'un pour l'autre, comprit-il alors.

Il faudrait seulement qu'il trouve le moyen de faire baisser la garde à Merida. Car, au lieu de demeurer alanguie dans ses bras, elle s'était précipitée vers la salle de bains.

Sous la douche brûlante, se reprochant la façon dont elle avait explosé sous les caresses d'Ethan, Merida se promit de ne pas relâcher sa vigilance. Il ne saurait jamais ce qu'elle ressentait pour lui.

En revanche, une promesse qu'elle se savait incapable de tenir, c'était celle de lui résister.

16.

Chaque nuit, Merida et Ethan se retrouvaient dans l'intimité de la vaste chambre, et c'était comme s'ils partageaient quelque inavouable secret.

Dans la journée, Merida tenait le rôle de la parfaite épouse d'un magnat des affaires, seulement occupée à dilapider les sommes considérables qu'il mettait à sa disposition. La nuit, elle se livrait à Ethan avec le plus total abandon. Comme lui-même se donnait à elle.

Regardant son reflet dans le miroir en pied du dressing, Merida songea que ce soir ils seraient seuls pour la dernière fois. Naomi arrivait le lendemain.

En attendant, ils se rendaient au théâtre. Encore une occasion de sauver les apparences…

Elle ne savait trop quelle pièce Ethan avait choisie, et elle s'en moquait. La perspective de se retrouver dans une salle de spectacle était une épreuve. Quand bien même elle prenait garde à n'en rien laisser paraître, elle souffrait d'avoir renoncé à sa passion.

Pour cette sortie, elle avait choisi une robe orange foncé, dont le coloris s'accordait magnifiquement avec sa chevelure. C'était une explosion de couleurs !

— Je suis prête, annonça-t-elle à Ethan qui attendait dans le hall.

Il fit volte-face, et demeura bouche bée un instant, se demandant si Merida avait jamais été aussi belle. C'était probablement la seule femme enceinte de huit mois et demi qui parvenait à être sexy.

— Waouh ! se borna-t-il à lâcher.

Néanmoins, pour une fois, ce qu'Ethan avait à l'esprit n'était pas le désir impatient de mettre cette femme sublime dans son lit. Il mourait d'envie de retrouver la *vraie* Merida, celle qui continuait à lui échapper. Il espérait avoir enfin trouvé le moyen de lui faire baisser la garde…

— Nous allons voir *Night Forest*, annonça-t-il tout à trac. Helene s'est trompée dans les réservations. Au passage, nous nous arrêterons dire bonsoir à Jobe.

Merida n'avait pas bronché, mais Ethan l'avait vue déglutir avec peine.

— Très bien, dit-elle. Je vais chercher mon manteau.

Ce fut sous une tempête de neige que la limousine les conduisit à l'hôpital.

Comme d'habitude, Ethan entra dans la chambre de son père dans un état d'extrême nervosité. Cependant, il se contraignit à annoncer d'un ton jovial que Merida et lui avaient finalement décidé d'aller voir *Night Forest*.

— Ah, vous faites bien ! déclara Jobe avec un pâle sourire. Tu verras, Merida, c'est formidable.

— Je n'en doute pas, dit-elle en lui souriant largement.

Pourtant, en son for intérieur, Merida était bouleversée. Non pas tant à l'idée de voir la pièce que parce que son beau-père ne lui avait jamais semblé si livide.

Voyant Merida s'asseoir au bord du lit, Ethan fut admiratif. Comment était-elle aussi décontractée, quand lui-même sursautait presque à chaque bip d'une machine ?

Merida ne devait toutefois pas être aussi à l'aise qu'il y paraissait, comprit-il, car elle finit par se lever pour aller humer le bouquet de roses posé sur la table de nuit.

— C'est encore de la part de Chantelle ? s'enquit-elle. Pourquoi n'acceptez-vous pas sa visite ?

— Je te l'ai dit, je ne veux pas me donner en spectacle.

Tournant la tête vers Ethan, Jobe changea de sujet.

— J'espère que tu t'es entendu avec ton frère sur les développements de…

— *Papa !* l'interrompit Ethan. On ne va pas *encore une fois* parler boulot !

Dans le silence qui suivit, il se demanda si quelqu'un avait noté qu'il s'était adressé à son père en l'appelant « papa ». Embarrassé, il ne savait comment poursuivre.

Ce fut Merida qui le tira d'affaire, en interrogeant Jobe.

— Est-ce que mon médecin vous a appelé au sujet du sexe du bébé ?

— Oui. Mais je lui ai dit qu'il pouvait garder le secret. J'ai décidé de tenir bon jusqu'à la naissance.

Le théâtre était bondé.

— Alors ? questionna Ethan. Ça fait quelle impression de te retrouver ici ?

— Je suis juste contente de voir la pièce.

Ce qui était un mensonge éhonté. Constater que son nom et sa photo étaient remplacés dans le programme avait suffi à la mettre dans tous ses états.

Les lumières s'éteignirent, le rideau se leva, et elle vit la nuit descendre sur la somptueuse forêt du décor.

Comme sur sa carrière…

D'un coup d'œil en coin, elle constata qu'Ethan semblait totalement absorbé par le spectacle. Il se moquait bien, se dit-elle, du martyre qu'elle vivait.

À vrai dire, Ethan était tout sauf indifférent au drame qui se jouait à ses côtés. Il entendit Merida renifler, mais décida de ne pas intervenir. En toute connaissance de cause ! Car elle devait absolument affronter ce moment. Comme lui-même ferait face à son père, le matin suivant.

Pourtant, songea-t-il, elle avait montré une étonnante force d'âme en ne se plaignant jamais d'avoir dû renoncer à ses ambitions. Ce qu'elle aurait été en droit de faire !

Ému, Ethan prit la main de sa jeune épouse.

En sentant cette grande main chaude se refermer sur la sienne, Merida fut d'abord tentée de s'y cramponner.

Puis elle se rappela que ce geste n'avait d'autre but que de satisfaire la galerie, et elle se dégagea.

Ethan lui tendit un mouchoir. Tout comme Jobe l'avait fait le soir du mariage, se souvint Merida avec émotion. Lorsque son époux agrippa de nouveau sa main, ce fut avec une fermeté pleine de tendresse qui lui donna l'impression qu'il ne la lâcherait plus. Alors, elle se détendit.

Le personnage de Belladona s'avançait pour sa tirade principale, et Merida posa la tête sur l'épaule d'Ethan.

— Ton tour reviendra, lui souffla-t-il à l'oreille.

— Cela m'étonnerait, répliqua-t-elle.

C'était un sujet dont Ethan prévoyait de s'entretenir avec elle le soir même. Le lendemain, il parlerait à son père. Cette soirée, il la réservait à Merida.

C'était à dessein qu'il avait élaboré cette amère surprise pour sa jeune épouse. Malgré toute la cruauté de l'expérience, il y avait vu la seule manière de venir à bout de sa résistance. Il la mettait en situation de ne pouvoir retenir son émotion. Ensuite, il saurait la réconforter, Et leur donner une chance de repartir de zéro.

Cependant, constata Ethan avec tristesse, pour l'instant, elle s'écartait de lui. Allait-il perdre son pari ?

Ce n'était pas la première fois que Merida sentait une contraction. Cette fois, la douleur se propagea dans son dos de façon inhabituelle. Les lumières se rallumaient pour l'entracte lorsqu'elle en eut une autre.

— Merida ? s'entendit-elle interpeller par Ethan comme s'il lui parlait de très loin. Je comprends que tu regrettes ta carrière, mais…

— Discuter de mes sentiments n'est pas prévu dans notre contrat, le coupa-t-elle sèchement. Toute ta fortune ne te permet pas d'avoir accès à ce que je ressens !

Elle s'était exprimée avec plus d'agressivité qu'elle ne le voulait, sans vraiment savoir pourquoi.

— Que veux-tu dire ? s'écria Ethan. Je ne comprends pas.

— Tu ne peux pas tout avoir, Ethan ! Tu ne peux pas disposer de tout ce que je suis… Il faudra bien qu'il me reste quelque chose, pour le jour où nous ne serons plus ensemble…

Oh Seigneur ! se désola Merida *in petto.* Voilà qu'elle lui faisait une scène en public ! Vite, il lui fallait redevenir la Merida qu'elle avait créée de toutes pièces.

De nouveau, elle reçut un coup de poignard dans le dos.

Les yeux sombres d'Ethan étaient braqués sur elle. À l'incompréhension s'y mêlait l'inquiétude. Sauf que Merida n'avait besoin que d'une seule chose : être seule.

— Excuse-moi, dit-elle en se levant.

Elle se précipita à l'extérieur, se faufilant entre les spectateurs. Un instant, elle demeura hébétée sur les marches, ne sachant où aller ni que faire.

— Merida…

Elle pivota à l'appel de son nom.

— Laisse-moi, dit-elle dans un sanglot. Retourne t'asseoir.

Il lui fut impossible de retenir ses pleurs.

— Merida ? répéta Ethan. Est-ce que tu es sur le point d'accoucher ?

— *Non !* Je ne veux pas que le bébé arrive déjà !

— Je ne crois pas que tu sois en mesure d'en décider, ma chérie. Pourquoi ne veux-tu pas que ce soit maintenant ?

— Parce que nous ne sommes pas prêts !

— Nous le serons, Merida. Je te le promets.

Et Ethan enserra tendrement dans ses bras une Merida sanglotante.

17.

C'était vraiment très étrange, songea Ethan, de savoir que son père allait rendre son dernier soupir dans une partie de l'hôpital, tandis que son épouse était sur le point de donner la vie à l'autre bout du même hôpital.

— Nous ne sommes pas prêts, ne cessait de répéter Merida.

— À en croire le médecin accoucheur, tu as encore un peu de temps devant toi, avant que le bébé n'arrive, déclara Ethan.

Sauf que le regard noir de son épouse lui indiqua que le moment était mal choisi pour faire de l'humour sur le fait qu'elle n'était qu'au tout début de la dilatation du col.

— Merida, reprit-il d'un ton bien plus tendre, nous *sommes* prêts ! J'ai beaucoup réfléchi à tout cela et…

— Non, c'est trop tôt…, gémit Merida. *Laisse-moi*, Ethan !

La venue du bébé, deux semaines en avance, mettait Merida dans un tel état de tension qu'elle redoutait de craquer et d'avouer à son mari combien elle l'aimait.

Pire, il s'en fallait de peu qu'elle ne dise ce qu'elle avait fini par comprendre : que malgré la réputation qu'on lui faisait, Ethan était quelqu'un de bien.

Sinon, comment aurait-elle pu l'aimer si fort ?

Oh ! certes, elle ne doutait pas qu'il se laisse attendrir en la voyant donner naissance à leur enfant. Surtout, si elle avait la faiblesse de quémander son amour, et de supplier qu'il la garde auprès de lui. Cela suffirait probablement à le faire plier. Pour un temps, tout au moins. Sauf qu'il n'éprouverait jamais ce qu'elle ressentait pour lui – cet amour dévorant, sans bornes. Merida en était certaine.

Elle ne se contenterait pas de miettes !

— *Va-t'en !* supplia-t-elle. Laisse-moi dormir.

— Il est hors de question que je rentre !

— Alors va retrouver ton père. C'est peut-être sa dernière nuit…

— Bon, d'accord. Mais je reviendrai à 6 heures, s'il ne se passe rien de nouveau d'ici là.

Après avoir vérifié que la sage-femme avait son numéro de portable, Ethan ne se rendit pas directement auprès de son père. Malgré le froid piquant, il alla marcher un instant dans le parc enneigé.

Dire qu'il avait eu tant de projets pour cette soirée avec Merida ! Car elle n'avait pas tort. Il leur restait bien des choses à régler, avant l'arrivée du bébé. La nature en avait décidé autrement…

Levant les yeux vers le ciel d'où tombaient de larges flocons, il repensa à ce qu'avait dit Merida : Jobe vivait peut-être ses dernières heures. Cette idée lui insuffla le courage de tenter un SMS :

Merida est à la maternité. Rien ne devrait se passer avant demain. Je peux venir ?

La réponse ne tarda pas :

Je t'attends

Lorsque Ethan pénétra dans la chambre, son père était appuyé sur les oreillers.

— Comment va-t-elle ? demanda-t-il.

Prenant une chaise, Ethan s'assit près du lit.

— Bien, répondit-il. Le travail a à peine commencé. Je n'ai pas voulu m'éloigner de peur de manquer le moment crucial.

Jobe laissa échapper un petit rire.

— Est-ce que tu étais présent quand nous sommes nés, Abe et moi ? reprit Ethan.

— Oui. C'est ensuite que je ne l'ai pas été suffisamment.

— Tu étais trop passionné par ton travail.

— Cela n'empêche pas les regrets…

— Qu'est-ce que tu regrettes le plus ?

Un silence fut la seule réponse à sa question – son père semblait perdu dans ses pensées. Aussi, Ethan enchaîna :

— Je n'ignore pas que les choses ont été difficiles entre maman et toi. Je ne t'en veux pas, pour ce qu'il s'est passé avec Meghan. Ce qui m'a rendu le plus malheureux, c'est qu'elle ait été obligée de partir à cause de toute cette histoire. Dans ma tête d'enfant, je t'en ai rendu responsable…

— Il n'y a jamais rien eu entre Meghan et moi.

Tout à coup, Ethan eut l'impression que la Terre s'arrêtait de tourner.

— Un jour, Meghan est venue me dire qu'elle ne pouvait pas rester avec nous, poursuivit Jobe. Ce n'était plus possible pour elle.

— Mais pourquoi ?

— À cause de la façon dont Elizabeth se comportait avec ton frère et toi.

Cette fois, bouche bée, Ethan pensa que le monde chavirait véritablement. Après quelques secondes où il sembla réfléchir intensément, Jobe reprit :

— Elle faisait des choses insensées avec vous, comme te laisser seul sur le canapé alors que tu n'avais que quelques mois. Ou abandonner Abe dans le bain… Meghan ne le supportait plus.

Ethan tressaillit comme le souvenir de l'épisode où sa baby-sitter l'avait sorti de la voiture lui revenait à l'esprit. Ainsi, il ne s'était pas trompé en soupçonnant que Meghan lui avait sauvé la vie.

— Mais pourquoi as-tu laissé accréditer la thèse de votre liaison ? interrogea-t-il.

— C'est ta mère qui a répandu cette légende. Pour justifier sa fuite, je suppose. Puis il y a eu l'accident, et il m'a paru plus facile de faire croire à tout le monde – à vous deux, surtout ! – qu'elle était une mère parfaite.

— Ce qu'elle n'a jamais été, c'est cela ?

— Effectivement.

Comme si des vannes s'étaient ouvertes, Jobe raconta tout à son fils. La manière dont Elizabeth ne s'intéressait à ses enfants que comme s'ils étaient des sortes d'accessoires ; le fait qu'elle limitait ses démonstrations d'affection aux séances de photos, puis les ignorait dès qu'elle n'avait plus de spectateurs.

À cause de sa personnalité narcissique, elle tenait à son prestige. Aussi, lorsque Jobe avait annoncé son intention de divorcer, en faisant état de la manière dont elle se comportait avec ses enfants, Elizabeth avait créé de toutes pièces l'histoire de la relation entre son mari et la baby-sitter. Ensuite, elle avait couru panser ses plaies au soleil, en se moquant de la pagaille qu'elle laissait derrière elle.

Enfin, Ethan comprenait pourquoi il avait tant de mal à croire à la réalité d'un amour durable. En l'espace d'un mois, il avait vu disparaître sa mère biologique et la femme qui prenait soin de lui depuis sa petite enfance.

Comment ne pas redouter l'abandon ?

— Je ne voulais pas que tu saches tout cela, conclut Jobe. J'avais dit à Merida que j'emporterais mon secret dans la tombe…

— Merida est au courant ?

— Bien sûr. Je lui ai tout dit.

— Mais pourquoi ne m'en a-t-elle pas parlé ?

— Pour la même raison que moi. On protège toujours ceux que l'on aime. Et je t'aime profondément, mon fils.

— Je t'aime aussi, papa.

— Maintenant, va retrouver ta femme.

Jobe dut voir l'indécision dans le regard d'Ethan, car il ajouta.

— Ne t'en fais pas. Je n'ai pas l'intention de lâcher la rampe. Je tiens à faire la connaissance de mon petit-fils ou de ma petite-fille. Allez, va rejoindre Merida.

Essuyant ses larmes d'un revers de main, Ethan sourit à son père.

Les choses qui constituaient sa vie lui semblaient étrangement différentes, d'un seul coup. C'était comme s'il prenait conscience qu'elles étaient infiniment précieuses, mais aussi terriblement fragiles. Ce que seul un cœur amoureux était susceptible de découvrir.

— Tu sais, papa, murmura-t-il, ce mariage n'est pas une imposture. Je l'aime vraiment.

Jobe le gratifia d'un clin d'œil complice.

— Je l'ai su avant toi, dit-il. Dès le jour de votre mariage, en fait. Est-ce que tu le lui as dit, au moins ?

— Pas encore.

— N'attends pas davantage, Ethan ! On a toujours tort de ne pas dire à ceux qu'on aime combien on les aime. Heureusement que tu es venu me voir…

Puis, se laissant glisser dans le lit, Jobe congédia Ethan d'un signe de la main.

— Vas-y, maintenant, dit-il. J'ai besoin de dormir un peu, pour être d'attaque pour rencontrer cet enfant. Dis à ma belle-fille que je l'embrasse.

À peine Ethan eût-il passé le seuil de sa chambre que Merida comprit qu'il avait pleuré. Ses beaux yeux étaient ourlés de rouge.

— Comment va-t-on père ? interrogea-t-elle d'une voix tremblante.

— Il tient bon. Il t'embrasse. Et toi ? Comment ça se passe ?

— Ça va. La sage-femme reviendra m'examiner dans un moment.

Hochant la tête, Ethan fourragea d'une main dans la poche de son manteau.

— Tiens, dit-il en déposant un coffret noir sur le lit. Cela fait un moment que je voulais te le donner…

Sous le regard ébahi de Merida, il sortit de l'écrin un talisman d'ambre, en forme d'œuf, strié de veines dorées.

— J'ai eu du mal à le trouver, ajouta-t-il. L'ambre est rare à El-Zahan. Je voulais qu'il ait la couleur de tes cheveux. En témoignage de mon amour pour toi.

Merida détourna la tête.

— Tu n'as pas besoin de mentir, Ethan, souffla-t-elle.

— Je ne mens pas, Merida ! Je t'aime. Au début… je n'ai pas voulu me l'avouer. C'était plus facile de croire que tu ne t'intéressais qu'à mon argent. Tu joues formidablement bien les femmes vénales, ma chérie ! Il faut que tu remontes sur scène dès que notre enfant t'en laissera le temps.

— Oh ! Ethan… je t'aime depuis toujours ! Est-ce que tu m'en veux d'avoir fait semblant de te détester ?

S'asseyant au bord du lit, Ethan prit les mains de Merida.

— Bien sûr que non, mon amour !

— Mais pourquoi ne cessais-tu de parler du jour où tout serait fini entre nous ?

— Parce que je redoutais trop que cela n'arrive. Qu'un jour, je me réveille pour me rendre compte que tu étais partie.

Comme cela avait été le cas avec sa mère. Avec Meghan.

Ce fut en serrant dans sa main le talisman offert par Ethan que Merida se laissa examiner par la sage-femme.

Le travail fut long et douloureux, mais Ethan sut lui donner l'énergie dont elle avait besoin.

— Je vois des cheveux noirs, dit-il à un moment. C'est bien un Devereux !

En grimaçant, Merida répliqua :

— À la façon dont… dont cet enfant… me fait souffrir, il n'y a pas à en douter.

Lui souriant, Ethan plongea dans celui de Merida un regard illuminé d'un amour qu'elle ne pourrait oublier aussi longtemps qu'elle vivrait.

Un amour tel qu'elle ne se sentirait plus jamais seule.

Enfin, ils en découvrirent le fruit !

Agitant ses membres grêles, protestant avec force cris, leur petite fille vit le jour.

Ce fut avec une émotion sans bornes qu'Ethan contempla

Merida serrant sur son cœur ce petit être, comme si jamais on ne pourrait le lui arracher. Cette fillette ne connaîtrait pas les affres de l'abandon !

Lorsqu'on lui mit le bébé dans les bras, il se pencha vers les grands yeux qui le fixaient, avec un amour immense pour sa fille. Reportant son regard vers sa femme, il ne put retenir un sourire malicieux.

— Pour une aventure d'un soir, dit-il, je trouve que j'ai plutôt fait du bon boulot.

— Ce n'était rien de tel ! protesta Merida. Il se trouve juste que nous avons couché ensemble dès notre premier rendez-vous. C'est normal, dans le cas d'un coup de foudre !

Ethan embrassa tendrement sa femme, puis il murmura :

— Je te promets de consacrer le reste de notre vie à rattraper le temps perdu, ma chérie.

Comment aurait-il pu en être autrement ? Merida n'était-elle pas celle qui avait réveillé son cœur ?

Un cœur endormi depuis si longtemps.

Épilogue

— Mon père veut venir la voir, déclara Ethan en rentrant dans la chambre.

Merida s'assit au bord du lit.

— Il n'en est pas question ! s'insurgea-t-elle. C'est nous qui allons la lui amener.

— C'est ce que je lui ai dit, mais il insiste. Et… il demande aussi que des photos soient prises.

— Bien sûr !

Voyant la mine soucieuse d'Ethan, Merida ajouta :

— Qu'est-ce qu'il y a ?

— Eh bien, il fait venir un photographe. Tu sais bien, ce qu'il veut, c'est un portrait officiel.

Merida eut un petit rire résigné.

— Nous pouvons bien lui faire ce plaisir, déclara-t-elle. Comme cela, plus tard, Ava aura le traditionnel portrait de famille dans les bras de son grand-père.

— Alors, où est ma petite-fille ?

La voix bourrue de Jobe leur fit tourner la tête. Dans le fauteuil roulant, poussé par une infirmière, il réussissait à afficher une apparence laissant difficilement supposer son état. Sa chevelure argentée était coiffée avec le plus grand soin, il avait revêtu un élégant peignoir de soie, et il n'était accompagné par aucune perche à perfusion.

En son for intérieur, Merida ne put qu'admirer le vieil homme et les efforts qu'il devait avoir faits pour se présenter à eux de la sorte.

Ainsi, c'était dans cette étonnante famille qu'elle avait fini par trouver sa place !

Ethan alla prendre leur petite fille dans le berceau transparent où elle dormait paisiblement. Elle protesta vigoureusement lorsqu'il l'en souleva, mais il la calma en la berçant contre lui. La tendresse qu'il déployait à l'égard de leur bébé fit s'embuer les yeux de Merida.

— Papa, déclara Ethan en tendant le petit paquet à son père, je te présente Ava.

À voir trois générations de Devereux rassemblées, Merida ne put retenir plus longtemps ses larmes.

Oh oui, songea-t-elle, elle voulait bien que des dizaines de clichés soient prises ! Pour fixer l'émotion de ce moment, et la fierté qui se peignait sur le visage d'Ethan tandis que Jobe serrait dans ses bras sa petite-fille.

Les visiteurs se succédèrent, y compris Abe – sans Candice, néanmoins. Ce fut un merveilleux après-midi, même si la tristesse fut difficile à contenir lorsque Jobe dut être ramené dans sa chambre.

Et lorsque Ava eut été nourrie et changée, Ethan la reposa délicatement dans son berceau, déposant sur son minuscule front un baiser aussi léger que la caresse d'une plume.

— Je meurs d'impatience de vous ramener à la maison, toutes les deux, déclara-t-il en revenant s'asseoir près de Merida.

Prenant son téléphone portable, il lui montra une photo, et ajouta :

— C'est la première que je mettrai au mur de notre entrée.

On y voyait un couple de mariés s'embrassant, dans le superbe décor du pont de Brooklyn.

— Notre mariage…, murmura Merida, émue.

— Oui, souffla Ethan. Je t'aimais alors, et je t'aimerai toujours.

Car l'un comme l'autre, ils avaient trouvé l'amour qui leur avait tant manqué.

Vous avez aimé ce livre ?
Découvrez l'histoire d'Abe Devereux,
le frère de notre héros,
dès le mois de décembre
dans votre collection Azur.
Un roman signé Carol Marinelli.

Retrouvez en novembre 2019,
dans votre collection

Azur

Un Noël avec son ex, de Dani Collins - N°4147

Après un mariage secret qui s'est soldé par un divorce, Travis a décidé de ne jamais revoir Imogen. La passion qui les unissait était bien trop dévastatrice. Mais lorsque son ex-femme est conduite à l'hôpital, suite à une mauvaise chute sous la neige, il se précipite naturellement à son chevet. Dès lors, menacés par un scandale médiatique, les voilà tous deux contraints de feindre une réconciliation. Jusqu'à Noël, ils feront semblant d'être encore heureux ensemble – amoureux le jour, et amants la nuit !

Voluptueux Noël, de Sharon Kendrick - N°4148

Noël… Sans doute le pire moment de l'année aux yeux de Salvio De Gennaro. Non seulement il ne supporte pas la mièvrerie qui entoure les fêtes, mais surtout, c'est en cette période que sa mère se montre la plus virulente, pour lui reprocher d'être encore célibataire et sans enfants. Non, Salvio n'a aucune envie de célébrer quoi que ce soit. À moins qu'il ne s'offre le seul cadeau qui lui fasse vraiment envie : une nuit avec Molly, la somptueuse jeune femme qu'il vient de rencontrer…

Le protecteur des sables, de Kim Lawrence - N°4149

LES PRINCES DU DÉSERT

Pour échapper à un rapt en plein désert, Abby n'a d'autre choix que de se lier à un mystérieux étranger, par une promesse et un baiser incandescent. Des mois plus tard, elle découvre qu'on la croit mariée à son sauveur des sables… l'héritier de la couronne d'Aarifa ! Bien malgré elle, Abby est alors projetée dans un monde à l'opposé du sien, l'univers glamour et voluptueux de Zain. Jusqu'à devenir la reine du puissant cheikh…

Le patron du manoir, d'Abby Green - N°4150

Edie a été incapable d'oublier cet homme trop beau, trop arrogant, trop sensuel. Face à Sebastio Rivas, elle retient son souffle. S'il vient de lui offrir un poste de décoratrice dans son manoir de Richmond, l'homme d'affaires ne se souvient pas de leur brève rencontre, quatre ans auparavant, ni de son comportement odieux envers elle. Comme elle était naïve, alors, d'espérer lui plaire ! Aujourd'hui, Edie est résolue à rester professionnelle avec Sebastio. Et à ignorer le trouble que son nouveau patron éveille toujours en elle…

Amoureuse d'un Argentin, de Cathy Williams - N°4151

Adolescente, Georgina rêvait d'attirer l'attention de Matias. Mais aujourd'hui qu'elle est adulte, elle sait pertinemment que le sublime Argentin la considèrera toujours comme une simple amie. Alors pourquoi a-t-elle commis la folie de faire croire à leurs familles respectives qu'ils formaient un couple ? Désormais, et pour ne pas décevoir leurs proches, les voilà tous deux obligés de jouer, aux yeux de tous, les amoureux transis…

Un jeu bien trop dangeureux, de Heidi Rice - N°4152

Charismatique et dangereux : Dante Allegri me fait peur. Et pourtant, il me faut aujourd'hui le duper, dans son propre casino. Me croira-t-il quand je me ferai passer pour une riche héritière, venue dilapider une fortune pour tromper son ennui ? Hélas, la réalité est tout autre. Mon honneur est en jeu, et surtout, l'avenir de ma famille. Ce soir, sur la table de black jack de l'Inferno, je dois battre le joueur le plus redoutable, l'hommes d'affaires le plus sexy. Sans dévoiler mes véritables intentions, ni me laisser séduire…

Dans le lit de Lysandros, de Rachael Thomas - N°4153

Alors qu'elle est sur le point de s'offrir à Lysandros, Rio met brutalement fin à leur relation, non sans regrets… Car sa vie vient de voler en éclats. Aussi, le jour où il lui propose de jouer le rôle de sa fiancée, elle hésite à se rapprocher de celui qui hante encore ses nuits. Lysandros cherche-t-il à renouer avec elle, parce qu'elle est la seule femme à lui avoir résisté ? Lui a-t-il pardonné sa désertion, malgré la colère qu'elle voit briller dans son regard ? Quoi qu'il en soit, Rio finit par accepter de jouer la comédie… tout en jurant de se protéger de Lysandros – corps et âme…

Une nuit pour un royaume, de Kate Hewitt - N°4154

SÉRIE : SÉDUISANTS CHEIKHS - 1/2

Une nuit. Rien qu'une nuit. Voilà ce que s'autorise Grace dans les bras de Malik, le plus bel homme qu'elle ait jamais rencontré. Mais lorsqu'elle découvre qu'il est sur le point d'accéder au trône d'Alazar, elle fuit son amant… Dix ans plus tard, le roi Malik apprend que les instants magiques qu'il a passés dans les bras de Grace n'ont pas été sans conséquences. Furieux d'avoir manqué les premières années de son enfant, il décide de légitimer cet héritier secret – en épousant celle qui l'a trahi en lui cachant sa naissance…

Innocents plaisirs, de Pippa Roscoe - N°4155

SÉRIE : LE CERCLE DES TROIS - 2/3

Une nuit de plaisir en compagnie d'une femme douce et innocente. Durant les quatorze mois que Dimitri a passés derrière les barreaux, le souvenir de cette nuit l'a accompagné, comme une lumière dans l'obscurité. Seulement, lorsque sa liberté recouvrée, il découvre que la jolie Anna a eu un enfant de lui, il est fou de rage. Comment a-t-elle pu lui cacher un tel secret ? Aujourd'hui, il est bien résolu à revendiquer son rôle de père auprès de sa fille.

Noces farouches, de Clare Connelly - N°4156

Antonio Herrera voue une haine farouche aux Di Salvo, depuis qu'ils ont détruit sa famille. Comment peut-il donc éprouver un désir aussi brûlant pour Amelia, l'héritière de ses rivaux ? Certes, la jeune femme semble avoir rejeté le monde glamour et luxueux duquel elle est issue, mais cela ne doit pas pour autant détourner Antonio de sa vengeance ! Alors qu'il croit savourer sa victoire en faisant d'elle sa maîtresse, c'est avec stupeur qu'il la découvre bientôt enceinte. Dorénavant, Antonio n'a d'autre choix que d'épouser son ennemie…

Un prince à séduire, de Maisey Yates - N°4157

Quand le prince Stavros fait appel aux services de son agence matrimoniale, Jessica se fait un devoir d'ignorer l'attirance qu'il lui inspire et se met à la recherche de l'épouse idéale. Celle qui saura régner à ses côtés, lui donner des héritiers et ne rien exiger de lui – surtout pas de l'amour. Mais lorsque, après une folle soirée, Jessica se réveille dans les bras de Stavros, elle n'a plus qu'une peur : celle de trouver la femme qui l'éloignera à jamais de cet homme qui lui a fait perdre la raison…

Composé et édité par HarperCollins France.

Achevé d'imprimer en septembre 2019.

CPi
BLACK PRINT

Barcelone

Dépôt légal : octobre 2019.

MIXTE
Papier issu de sources responsables
FSC® C108412
FSC www.fsc.org

Pour limiter l'empreinte environnementale de ses livres, HarperCollins France s'engage à n'utiliser que du papier fabriqué à partir de bois provenant de forêts gérées durablement et de manière responsable.

Imprimé en Espagne.